你是我的梦

袁浩◆著

古吴轩出版社
中国·苏州

图书在版编目（CIP）数据

你是我的梦 / 袁浩著. — 苏州 : 古吴轩出版社，
2018.9

ISBN 978-7-5546-1226-2

Ⅰ. ①你… Ⅱ. ①袁… Ⅲ. ①长篇小说—中国—当代
Ⅳ. ①I247.5

中国版本图书馆CIP数据核字（2018）第208435号

责任编辑：俞　都
见习编辑：黄菲菲
装帧设计：刘　浩
责任校对：徐小良　王　芳
责任照排：刘　浩

书　　名：你是我的梦
著　　者：袁　浩
出版发行：古吴轩出版社
地址：苏州市十梓街458号　　邮编：215006
Http：//www.guwuxuancbs.com　　E-mail：gwxcbs@126.com
电话：0512-65233679　　传真：0512-65220750
出 版 人：钱经纬
印　　刷：苏州市越洋印刷有限公司
开　　本：889×1194　1/32
印　　张：7
版　　次：2018年9月第1版　第1次印刷
书　　号：ISBN 978-7-5546-1226-2
定　　价：36.00元

目录

第一封信…………………………………………………… 1
第二封信…………………………………………………… 19
第三封信…………………………………………………… 30
第四封信…………………………………………………… 31

第五封信…………………………………………………… 39
第六封信…………………………………………………… 40
第七封信…………………………………………………… 51
第八封信…………………………………………………… 53

第九封信…………………………………………………… 61
第十封信…………………………………………………… 64
第十一封信 ………………………………………………… 83
第十二封信 ………………………………………………… 96

第十三封信 …………………………………………………… 121
第十四封信 …………………………………………………… 137
第十五封信 …………………………………………………… 174
第十六封信 …………………………………………………… 192

第一封信

佩东：

曾经，你是我的一个梦，一个无法抵达的梦；现在，六年后的今天，这个梦终于变成现实了，我终于可以和你在一起了。我知道，你一直不肯接受我，是因为你心里有一个人。你忘不了她——那个叫曼如的女人，你一直没有办法彻底忘记她。很久以前，我就跟你说过，我不介意这个，只要能和你在一起，其他的一切对我来说都不重要。可是，你却不那么想，你说这样对我不公平。所以，你就一味地拒绝我，拒绝我对你的爱。你不知道，你这样做，对我也不公平。她早已从你的身边离开了，为什么你还要一而再再而三地推开我呢？你不知道，这样让我有多难过。我知道，你从来就没有爱过我，直到此时此刻，你都没有爱过我。你对我的感情，只是喜欢，谈不上爱；从始至终，你只爱过她一个人。不过，你能喜欢我，我已经很满足了，我从来就没有奢求过你会爱上我。你把你所有的爱都给了她一个人，这一点我很清楚。我知道，直到此时此刻，我都没有办法替代她在你心中的位置。不过，我真的不在乎，能和你在一起，我已经很开心了。

曾经，你给我讲过关于她的事情。她是有钱人家的小姐，长得很漂亮，很多男人都喜欢她，你是其中的一个。那时，你经常守在她家别墅门口，只是想在她坐小轿车出来的时候，能看她一眼。没想到，你这种举动居然引起了她的注意。起先，你不明白她为什么会注意到你。后来你才知道，她注意到你，不只因为你反常的举动，还因为你俊朗的外表。你的帅气不仅吸引了她，同时也吸引了我。有一天，她出门的时候看见你，偷偷地塞给你一张小纸条。这是她第一次约你看电影，时间定在第二天晚上八点。其实，她是一个腼腆的女孩，那天敢那样做，或许是因为她真的很喜欢你（当然，这只是你的猜测）。有时候，爱情会让一个人变得大胆，甚至疯狂。

那时的你，还是一个“打工仔”；现在的你，已经是恒光百货的老板了。这一路走来，你很不容易。记得你说过，刚来苏州的时候，因为没有钱住旅馆，你晚上只能睡在大桥底下。你明白，要想改变命运，就必须努力奋斗。正因为有此信念，你才能一步步走到今天。我知道，你每次站在江边桥上的时候，心里都会有无限感慨和疑惑：现在的这一切，究竟是不是你想要的？如今你什么都有了，但却不开心。我知道是为什么，因为你失去了一样最重要的东西——爱情。以前，虽然你什么都没有，但是你有她，有和她的爱情。其实，你并不知道自己真正想要的是什么。这一点，我和你不一样。我一直都知道我想要的到底是什么，那就是和你在一起。从遇见你的那一刻开始，我就隐隐感觉，我的一生会因你而改变。你影响着我的生活，你高兴我就高兴，你难过我也会跟着难过。我不知道自己为什么会变成这个样子，并且直到现在都没有改变过。

还记得那一天，我生病了，你来看我，我让你坐在床边，陪我说说话。我知道，从前，你只是把我当作朋友。不过，你知道吗？那天离你那么近，我一时把生病的事都给忘记了。那一刻，我脑子里出现一个想法——如果我能经常生病，或许就能经常看到你。因为，你知道我在这里没有亲人，你不会不管我的。现在想想，我当时的那个想法是那么可笑，又那么可怜。那天，你陪我说了很多话，让我吃完药好好睡一觉。其实，你对我挺好的，也许正因为这样，我才会慢慢地爱上你。

那一天，那一刻，我好想叫你抱抱我，哪怕只有一分钟，我也心满意足了。我知道，这个要求对你来说有点过分，所以当时我不敢说出来，只是下意识地看着你。你似乎感觉到了一点什么，可最后还是起身离开了。我现在后悔了，那天我应该跟你说的，也许，你会满足我这个小小的要求，因为那天我生着病，你可能会勉强答应我的。从前我每次生病，都会打电话给你，让你过来陪我。你知道的，我在这里没有什么朋友，所以每次只能麻烦你；再者，我一生病，心情就会不好，如果你能陪在我身边，我的心情就会变得好很多。

记得你说过，你曾不顾性命地救过她，为她受了很重的伤，流了不少血。也许，正是因此，她爱上了你。那时，你对她真的是太好了。我经常在想，你要是对我有对她一半的好，我就心满意足了。我愿意付出一切，只要能让你爱上我。你看，我有多爱你！我知道，她曾经深爱你，但是我要你相信，我对你的爱绝不会比她少。你知道，现在在这个世界上，我爱的男人只有你，除了爱你，我还能爱谁呢？从前，你的心离我是那么遥远，现在，它终于慢慢地靠近了我。我知道，这一切来得不容易，我为之付出了很多，不过，我从来都没有后悔过。

从前，你一直是我的一个梦，一个遥不可及的梦。现在，这个梦真实地出现在我眼前，我简直不敢相信它是真的。有你在身边，我感到很幸福！虽然，现在你还不爱我，但我相信，终有一天你会爱上我的。我知道，要想得到你的心，是很不容易的，因为，到此时此刻，你还没有彻底把她忘掉。不过，没关系，我可以等，一直等到你把她忘记的那一天。即使要等一辈子，我也愿意，因为你值得我等。在我的心里，一直都是这么想的。现在，除了你，我什么都没有了，你就是我的所有，我真的不能没有你，真的好想永远和你在一起。请你相信我，我会永远爱你，永远对你好的。

从前，我一直在骗自己，一直在逃避自己的感情。因为，那时，你的身边有她，所以，我只能刻意隐藏对你的感情。

我怕一旦暴露出来，我们连朋友都做不成了。我真的不想失去你，哪怕一生都只做朋友，我也不想失去你。如果你突然在我的世界里消失了，我真不知道该怎么活下去。你是我生活的希望，从前是这样，现在依然如此。可是，那种感觉又是痛苦不堪的。有一个时期，我好想告诉你，我喜欢你。不过，我知道，我做不到的，因为那时候，你是那么爱她，就算我告诉你了又怎么样呢？没有一点意义。说不定，你还会从此不理我，这是我最害怕的，所以我还是一个字都不敢说。有时候，我会怪自己太懦弱，面对自己喜欢的人，连这么点勇气都没有。

还记得那天，我陪你到街边的电话亭打电话。电话是打给她的，我在外面等你，你在里面跟她讲了将近一个小时。那天，下着小雪。那一刻，我有一种错觉，我感觉我和你们好像不在同一个世界，我这边是无边无际的寒冷，而你们那边却是无限的温暖。那时，你似乎把我给忘了。你知道，当时我有多冷吗？我有多伤心吗？那种感觉，我从来也没有过，我深深地跌入现实当中，清楚地意识到你并不爱我。这突如其来的意识，让我陷入更深的痛苦中。现实总是那么残酷，可这又能怪谁呢？是我主动投入你的感情里的。让我没想到的是，你的感情世界里完全没有我，没有我的存在。那时，站在街上，站在电话亭边，我清楚地认识到这一点。这些，现在想想，是可以理解的，但当时，我的心还是痛得厉害。

其实，那天我伤心地哭了，不过，我并没有让你看见。你出来的时候，我已经把泪水擦干了。我不想让你看见我那个样子，你又不爱我，就算发现了也不会心疼的。我们走在大街上，雪已经停了。不过，你不知道，我的身体依旧感到寒冷，这份寒冷，完全是你带给我的。你不知道那个时候，我的内心似乎还在不停地下着雪，你不会了解，那是一种什么样的感受。走在我身边的时候，你一直在不停地说着她，哪怕我和你的距离挨得是如此近，你心里想的依旧是她。我对你来说，算什么呢？那一瞬间，我的泪水都快流下来了。我知道，我得赶快离开，赶快从你身边离开，我怕再不走，我就控制不住自己的感情了。

四年前，你一个人从上海坐火车到苏州。在这里，你一个朋友都没有，是那个叫曼如的女人，在你最困难的时候帮了你。她一个人住一栋大别墅，让你住在其中一间房间里，而在你之前，她不曾让任何一个男人住在那里过。因为，一直以来，她对身边的男人都没有什么好感，并且始终和他们保持着距离。就因为这样，这个漂亮的女人让人感觉很难接近。当然，这些都是从你那里听来的。不知道为什么，你说的事情我总是记得那么清楚。

其实，她也挺可怜的，父母死得早，虽然留给她一栋别墅和相当多的钱，但是，从十八岁开始，她就是一个人生活了。一个人生活，不管怎么说都是很孤独的，这种孤独，是痛苦难忍的。所以，在很早以前，她就渴望着爱情，那种两个人的生活，只有这样，她才可以远离孤独。换句话说，正是因为你的到来，她才远离了孤独。其实，就像你曾经说过的那样，你并不知道你对她的那份感情是不是所谓的爱情。跟她在一起的时候，你是很开心，但同时，你也深切地感觉到你跟她根本不般配。这一点曾经让你很苦恼。你害怕，害怕她也许根本不爱你，所以，你一直不敢对她说“我爱你”这三个字。其实，你只是想一直陪在她身边，在她需要你的时候，能够及时地出现在她眼前。我知道，你对她从来都没有过多的要求。其实，不难想象，你在她的心里从一开始就是那么好；也就是说，从看见你的第一眼起，她就对你产生好感了。

说实话，你跟我讲这些的时候，我丝毫没有怀疑过你什么。你确实是一个好男人，换作另外一个女人，也同样会很快地喜欢上你，对这一点我深信不疑。再加上，你从前还救过她一次，她会爱上你也很正常。也许，你不知道，有时候一个女人爱上一个男人，并不需要太多的理由。你跟我讲过太多关于她的事，我唯一不清楚的是你们曾经分开过一段时间，不知道是什么原因，其实我一直都很想知道。

还记得，那天晚上，你突然来找我，说是跟她吵架了。不知道为什么，看见你郁闷难受的样子，那一瞬间，我真的心疼了。我不明白，她那么爱你，为什么还要这样对你。其实，你是我见过的最坚强的男人，可是那天晚上你显得那么脆弱，一脸的茫然，不知所措。那是我第一次看见你这样。我想如果她当时能够看到你的样子，一定会像我一样心疼的，还有什么不能原谅的呢？其实，我知道，你很爱她，只是你不肯承认，不肯面对，因为你怕你一无所有，不能给她幸福。可是，你骗得了别人，骗得了自己吗？你明明就很爱她，想和她在一起，为什么还要对她忽冷忽热的呢？其实，你在她面前，没有必要那个样子，说句心里话，她真的很在乎你，那种在乎，也曾经让我动容过。

曾经，你在我面前说过很多赞美她的话。那些话，直到现在想起来，依旧让我很羡慕。我知道，她真的很好，才会让你这么迷恋。可是，你不知道这样会让我难过吗？其实，我也很好，很爱你，为什么你都看不到？我知道，她在你的心里很重要，你是那么在乎她。而我，哪怕再好，你也不会看到，因为你从来都没有爱过我，从来都没有。既然如此，那我还有什么好伤心的？可是现在，我的眼泪，为什么还是会忍不住地掉下来？这到底是怎么回事？我真的不知道。

记得有一天，你到我家里来看我，可能太累了，靠在沙发上没多久就睡着了。那是我第一次这么近距离地看一个男人，当然你一点都不知道。你的嘴唇紧紧地抿在一起，你的神情依旧给人一种冷酷的感觉。那短短的一个小时，到现在我还清楚地记得。你知道吗?只有在这种时候,我才敢那么看你,要是放在平时,我肯定会脸红心跳的,看你一眼绝对不会超过三秒钟。不知道,一直以来,你有没有留意到这一点。以前,我觉得这很正常,现在我才发现不是这样的,这明明在暗示我一些东西,因为,对别的男人,我没有这种感觉。

曾经,我不止一千次地注视过你,但是没有哪一次能和那次相比,那么大胆,甚至可以用肆无忌惮来形容。你不知道,这对我来说,意味着什么。意味着第一次那么亲近你,那么近地靠近你,这让我的心里感到无限的喜悦和激动。这种激动,真的无法形容,只有和喜欢的人在一起才会有这种感觉。你说过,你很喜欢近距离看她。你看她的样子,我想象得出来——用的肯定是那种好像能融化女孩子内心的深情眼神。她是那么漂亮,我相信那一刻你的世界只剩下她一个人,再也容纳不了别的什么了。

还记得,我们第一次见面是在恒光百货的门口。自从第一次见到你之后,我就梦想着能再见到你,因此,有时候,会不自觉地走到你公司门口。说不清为什么会这样,可能是太想你的缘故。可是,连续好几次,我都没能看到你。说实话,我的心里有点失望——怎能不这样呢?我第一次对一个男人产生好感,或者说有一点点喜欢,可是几次都碰不到你,我想难道是我们缘分不够?没想到,一个星期以后,我终于又见到你了。

那天，我从恒光百货买完东西出来，发现外面下起了大雨。因为没有带伞，我只能站在大门口，最后，是你借了一把伞给我。就是那一天，我开始喜欢上你了，但是，我很久都没敢告诉你。因为你是那么优秀，我觉得我配不上你。刚开始，我只想和你做个朋友，能和你做朋友我已经很满足了。其实，只要能和你在一起，其他的一切对我来说都不那么重要了。说实话，暗恋一个人是一件痛苦的事。喜欢一个人却不敢告诉他，说到底是怕被拒绝，怕最终连朋友都做不成。

记得那段时间，还有另外两个女孩子很喜欢你，其中一个叫姚小蝶，是开明戏院老板的女儿。这个女孩和曼如一样，都曾经深爱过你，不知道，现在你还记不记得她？前段时间，我见过她几次，她跟我讲了你们之间的故事。她说，她和你在一起的时间很短，前后加起来只有半年。可是，不知道为什么，对于她来说，这段时间是如此重要。她说一切都是她的错，她不该爱上你。曾经，某一个时刻或者说某一个瞬间，她感觉你也是爱她的。后来，她发现她错了，你根本不爱她。她说一直都是她一厢情愿，都是她的错，和你没有一点关系。但是，为什么你明明不爱她，还要做出爱她的样子，让她误会，让她认为你也许爱她？

其实，我知道，她和曼如一样，内心是很孤独的。她长得漂亮，有那么多男人追求，并且一个人住在带花园的大别墅里。这一切，让别的女人对她羡慕不已，可是，另一方面，是别的女人看不到的。有时，她一个人在花园里散步，会突然感到很寂寞。虽然，她很有钱，吃得好，穿得好，但是我知道，这不是她最想要的。她最想要的，是一个男人的陪伴。她希望换衣服的时候有个男人在旁边，这样她就可以问他，穿这件好看还是那件好看；寂寞的时候，能够有一个男人陪她出去走走，陪她吃饭、看电影……我知道，她一直在等待一个这样的男人。本来，她以为你就是这样一个男人，后来她发现你并不是，因为你总是忙于生意，没有时间陪她。

姚小蝶对我说，在认识你之前，有时候她感到寂寞难过了，就会叫司机开车满大街转。有一次，她在街上碰到一个卖花的小女孩，便让司机停车，下去买了一朵玫瑰花。那一次她给了那个小女孩很多钱，那些钱足够买下她篮子里所有的花。其实，那一天看着那个卖花的小女孩，她想起了从前的自己，虽然一直是那么孤独，但还是比眼前这个小女孩幸福的。每一次车子开到开明戏院的门口，她都会叫司机停个几分钟。其实，她的心里，很想有一个男人陪她看一场电影。每一次在戏院门口，她都会看到一个陌生的男人在等人，那一刻她多么希望他等的那个女人是她。其实，她知道，有几个男人做梦都想和她一起看电影，可是她却讨厌他们，因为他们并不只是想和她看电影。

有时候，车子路过华地百货，她也会叫司机停一下，然后向里面望一下。其实，差不多每个女人都喜欢买衣服，就算买不起，看一眼也觉得很开心。而她，那里的每一件衣服，只要她想要都买得起，它们对她来说不算什么。可是每一次，她只是在外面看一会儿，并不进去买。喜欢的东西并不一定要拥有，我记得那时候，她是这样说的。当时，她的表情是那么沧桑，好像看透一切，跟她的年龄一点也不相符。

她说，她后来终于知道你为什么始终没有爱上她，那是因为你的心里早已爱上了别的女人，就是那个叫曼如的女人。姚小蝶告诉我，自从离开你之后，她感觉比从前更加孤独了。还有什么比孤独更让人感到可怕呢？对于她来说，恐怕没有什么能和它相提并论。有时候，她一个人坐在房间里，就会感到很孤独。这个时候，她喜欢喝酒，一喝就控制不住自己，会喝很多很多的酒。她认为，喝酒能够赶走孤独，但她不知道，那是不可能的，反而只会让她更难受。她告诉我，她不再相信爱情，不再相信男人的话。我知道，她说的是真话，是你让她变成这样的。

还记得那一天，你让我陪你去火车站接个朋友，在人群涌动的火车站，我第一次见到那个叫曼如的女人。她去南京看一个亲戚，刚刚抵达苏州。这个女人，恐怕是你众多女人中你最爱的一个。怎能不这样呢？她穿着件红色的长大衣，身上每一处都透着一种美。可以这么说，她美得让人心动。这样的女人，也许是任何一个男人都抗拒不了的。你见到她，向她走过去，可能，你们已经很久没见面了。你紧紧地抱了她一会儿，又在她脸上亲了一下。不知道怎么回事，就在这短短的十秒钟里，我的心突然不好受起来，说不清是怎样的一种感觉。难道，我是在嫉妒她吗？那一瞬间，我真的不知道自己到底是怎么了，就是很难过、很伤心。

在过后的几天里，那种感觉不但没有消失，反而变得越来越强烈了，我知道，我已经深深地喜欢上你了。可是，你已经有喜欢的人了，我该怎么办呢？况且，看得出，那个女人也很喜欢你。曾经，我以为你很花心，不会真正地喜欢上一个女人。但是，见到她，我的看法改变了，因为她确实很好。以前，我在你身上闻到过女人的香水味，问你你不肯说，现在我终于知道了那个女人是谁……

我曾经以为，拥有了你就等于拥有了全世界，现在我发现，事实并不是这样。你只知道做生意，除了生意还是生意。我在你的心里，到底算什么？我需要你的时候，你在哪里？其实，你知道的，一直以来，我对你基本上没什么要求，只是希望你能经常陪在我身边，可是，连这一点点要求你都做不到，说实话我挺失望的。你知道，我一直都很在乎我们之间的感情，可是，你却好像并不把它当回事。

记得有一天晚上，我特别想你，想得心里很难受，给你打电话又打不通。我知道，那一刻你肯定在忙。我不知道，那一刻为什么会那么想你，可能是想起了从前和你在一起的幸福时光。其实，你并不知道，我最想要的是什么。不是小汽车，也不是大别墅，这些东西虽然我现在已经拥有，但却并不能给我带来多少快乐，因为我要的是你，是你的陪伴。也许你会说，是我不知足。如果，你真的那么想的话，那是因为你不了解女人，更不了解我。那一天晚上，我给你打了很多次电话，都没人接，你不知道，那是一种怎样的失望和难过。更何况，这只是你给我的众多失望中的一次。

五天以后，你才过来找我，并且给我带来了礼物——一件紫红色格子旗袍。那一次，我原谅了你。从前，我总是那么纵容你，所以你才会一次又一次地伤害我。记得那一次，你跟我说了很多好话，也许是因为这个，我才会原谅你吧。现在想想，也不全是那个样子，归根结底，还是因为我太爱你。爱一个人会越陷越深，像陷入一个泥潭，只能眼睁睁地看着，却没有一点办法。你叫我怎么办呢？除了爱你，我真的一点办法都没有。可是，你却一次次地伤害我，最后让我心碎，让我遍体鳞伤。这一切，都是你曾经带给我的。

和你在一起的这些日子，是我生命中最幸福的一段时光，同时也是最痛苦、最受折磨的，你说是不是？现在想想，真不知道自己为什么会爱上你？是因为你英俊的外表，还是因为别的？其实都不是，只是因为你的笑容。我很喜欢看你笑，你笑起来的时候像一个孩子，天真而无邪。也许只是因为这一点，我就爱上你了。有时候，爱上一个人就是这么简单。

还记得那天你在大露台上跟我说的话吗?你说要给我一个家，一个只属于我们两个人的家。其实，我一直都渴望能有一个家。你不知道，家对我来说有多重要。我的内心深处，一直是很孤独的。可是那天，坐在大露台上，我依偎在你身边，把头靠在你肩膀上的时候，不再感到孤独。这种感觉很奇怪，像一种说不清的幸福，不期而至。我以为，你说的给我一个家，是说会跟我结婚，很久以后我才知道，你只是随便说说的。我不知道，你到底把我看成什么了。也许，在你的心里，我一直都只是那样的女人。

现在，我一个人住在这个大别墅里，其实挺害怕的，特别是晚上，感觉阴森森的。你知道我为什么会有这种感觉吗?那是因为没有你在身边。没有你在身边，我的世界显得如此的宁静和孤单。你不知道，你对我有多重要。现在，你肯定知道我真正想要的是什么了?我想要的是和你在一起，而不是别的什么。有时候，我一个人躺在长沙发上，心里感到一股莫名的空虚感。那一刻，我的心里空荡荡的，那种滋味很难受。你不知道，那一瞬间，我想你了。其实，我经常会傻傻地想你。也许，喜欢上一个人就会变成这个样子。可是，想你又有什么用呢?我想你的时候，你总是不在我身边，总是在忙。我知道，那个时候你肯定不会想我。

记得有一天上午，我坐小汽车去公司找你，正好碰到你和一个女人出去。那个女人，既年轻又漂亮，穿着件天蓝色条纹旗袍。那时，我并没有叫你，只是停了一会儿，就回去了。那天下午，我一直在想这件事，那个女人到底是谁，和你是什么关系？我不知道自己那时是怎么了，我不应该怀疑你的，可是我没有办法控制自己。现在想想，那天我确实很生气，因为你没有时间陪我，却有时间和她在一起，虽然那时我还不知道怎么回事。后来，我才知道是我误会你了，她只是你生意上的一个朋友，是我想多了。可是，你并不知道，我之所以会生气，是因为我太爱你了，才会在乎你和谁在一起。那天下午，我为你掉了不少眼泪，因为，不管怎么说，你终究没有把我放在心上，你一个月才陪我上几次街。

两个月以后，我又一次遇到了那个女人。那天晚上，我从天通珠宝店出来，在回家的路上看到了你们两个人的身影。那一刻，在江边，你们紧紧地拥抱在一起。你怎么也不会想到，我就在离你不远的地方注视着你。那时，我突然感到你是那样的陌生，我简直认不出你来了。你还是我一直深爱的那个男人吗？你一定不是，不然怎么会做出那样的事。你吻了她，又一次深深地吻了她。你不知道，那一刻，我的心里有多难受，有多痛苦。我只有一个念头，那就是赶快离开那里，离开你们，我不想再看到你们，一秒钟都不愿意。临走的时候，不知道为什么，我又多看了你们一眼，看到她的手上还有一朵红玫瑰，就是那种我最喜欢的红玫瑰，在夜幕中显得更加鲜艳迷人——只可惜，不是送给我的。我知道，这一次绝对不是什么误会，上一次我也没有误会你们。

三天以后的晚上，你来看我。那天晚上，我拒绝了你。我不记得你当时说了什么，只记得你的表情很惊讶。说实话，那一刻，我对你竟然生出一丝厌恶与怨恨……现在想想，当初的选择，实在太不应该。也许，是因为我太好骗了，你才会一次次地骗我。自己当初真的很傻，以为你会一直对我好，不会做对不起我的事。现在看来，是我自己太天真了，现实总是残酷的，不可能像我想的那样美好，你说是不是？

我承认，我曾经真的很爱很爱你，那种深度，你无法想象。我觉得你就是我生命中的一切，在你之前，我从来没有这么爱过一个男人。所以，你现在应该明白你当初伤我伤得有多深了！以前，我一直是为感情活着的，现在却只是为生活而活，你知道这两者的差距有多大吗？你肯定不知道。曾经，你说过你理解我，其实并不是那样，你根本不理解我！别的女人都羡慕我，说我吃得好，穿得好，住得好，想要什么有什么，恐怕你也跟她们的想法一样吧。正因为这样，你理所当然地不会留意到我的烦恼，也不会察觉到我的那份孤独。

在现实的世界里，你给了我想要的一切，说实话，对我已经算不错的了，可是，我的内心世界还是那么空虚。没有人关心我，没有人真正地爱我。也许，你是关心我的，但是不得不承认你的关心是那么有限，你不可能把所有的心思放在我一个人身上，这一点我十分清楚。再者，要你永远只对一个女人好，恐怕也不现实。你是那种喜新厌旧的男人，又怎么会一直只爱一个女人呢？我对你太了解了，恐怕比了解自己还要了解你，我知道你是怎样的人。可是，即使我很早就知道你是哪种人了，偏偏不知道为什么还是那么爱你。也许，爱上一个人以后就会一直爱下去，很难停下来……

丽仪

11月11日

第二封信

佩东：

现在，我已经离开你，到了另外一个城市——上海。我不愿意再继续留在苏州，留在那里只会让我继续伤心。曾经，有一段时间，我特别恨你，因为你辜负了我。那时我认为我一辈子都不会原谅你，可是现在我已经不恨你了。那一天，你跟我说分手的那一天，我一个人在江边站了很久，有一瞬间，我真想跳下去，立刻结束我的生命。因为，没有你在我身边，我活着还有什么意义？那时，江边没有什么人，只有江水不停地流着，波涛不停地翻滚，我的心在那一刻，似乎也随之起伏不定。我不知道，自己会做出什么样的事情。不过，后来我并没有想不开，因为，他的出现，那个叫夏小麟的男人的出现。

现在，我已经不爱你了，说实话在很久以后我才能够做到不想你。这个过程是那么漫长而又备受折磨。这种折磨，是你一生都无法体会的。你说你理解我，如果你真的理解我，理解你对我的那种伤害，我一定不会从你身边离开的，因为我曾经那么爱你。我给过你那么多的机会，可是你都不懂得珍惜。

从前，我想过要嫁给你，想象过你拿着戒指向我求婚。现在想想，这一切像是一个梦，一个无法实现的梦。也许，你从来都没有想过要娶我，只是我一厢情愿罢了，对不对？我们还一起去过教堂，在那里，经常可以看到别人结婚。你不知道，每次看到这样的场景，我其实是特别羡慕的。我希望，有一天，我们也可以在那里举办婚礼。

记得那天，我们从教堂出来，你准备开车送我回家。可是，你不知道，当时我并不想离开你，那一刻，我发现我真的舍不得离开你。我想和你在一起，永远地在一起。可是，每一次我对你讲到“永远”两个字的时候，你的眼神都不是那么坚定，好像在刻意闪躲什么。现在想想，这分明是一种预示，只是我当时没有注意到而已。现在，我终于知道你为什么不愿意给我承诺——那是因为，你根本做不到。送我到家门口，你就要走，可我就是舍不得你走，缠着你不肯放你离开，最后你不得不又多陪了我两个小时。你知道吗？这是我第一次对一个男人这个样子。过后，我有一点后悔，自己应该矜持一些的，这样就不容易被你看透。我不应该表现得这么明显的，被你一眼就看穿了。

现在想想，当初真的不应该那样对你，我应该对你爱理不理的，我不应该这么快地给你机会接近我。我要好好地考验你，考验你是不是真的喜欢我。自己当初真的是很笨，在你面前一点都不会伪装自己，什么都暴露在你的眼前，最后被你伤得那么彻底。我毫无防备，不知不觉就掉入你亲手编织的牢笼中。曾经，我真的恨过你，不过现在已经不恨你了，一点都不恨你了。我知道，你不是故意的，但是你还是伤了我的心。你知道当初我有多信任你吗？你说的每一句话我都不曾怀疑过，我想你是不会骗我的，你怎么会骗我呢？可是万万没想到，你从一开始就在对我说谎话！

你不知道，当我知道你欺骗我的那一天，我的心里有多难过。你怎么忍心让我那么难过？难道，看到我哭，你就一点都不心疼吗？你知道我有多爱你吗？你怎么可以这样对我！从前，还没有一个男人这样伤害过我，因为，我不给他们机会接近我，只有接近我的男人才有可能伤害到我，你说我说的对吗？在爱过你之后，我再也没有爱过别的男人，我害怕爱上任何一个男人。想知道为什么吗？那是因为我害怕受伤。我在你那里受过那样可怕的伤害，至今想起来仍心有余悸。不知不觉中，你改变了我对爱情的看法，也改变了我的人生。

还记得，有一次我身体不舒服，你开车送我回家，还小心地扶我上楼。那一刻，我发现自己在不知不觉中已经爱上你了。也许，是被你感动了。你不知道，女人是很容易被男人感动的。在认识你之前，我感觉自己真的很可怜，根本没有人关心我。直到遇到了你，我才深刻地感觉到，被一个自己深爱的男人关心照顾，是一件多么幸福的事。你知道的，在苏州我没有朋友，也没有亲人。我承认，刚开始的时候你对我确实很好，但也仅仅是那一段时间。我知道，那天晚上，你并没有回家，而是在我家大门口的小汽车上睡了一晚。因为，你害怕我晚上病情会加重，所以，你守在门口不敢离开。那时，你对我真的是太好了，就因为这样，我无法理解你之后对我的态度的转变，前后简直判若两人。

其实，我知道，那天晚上是很冷的，你穿的衣服又不是很厚，不过我也是第二天早上出门的时候才发现这一切。那时我觉得，你是这个世界上对我最好的人，你对我的那种好，是发自内心的，也就是说，你对我是认真的。可是让我没有想到的是，你对我的那种好，只是暂时的。那时，我只有十九岁，还很年轻，自然没有想那么远。请不要误会，我不是说你在玩弄我的感情，我只是想对你说，你这个男人太多情了，见一个爱一个。你不知道，就因为这样，你伤了多少女人的心。

也许，你并不在乎这些，因为你身边从来不缺女人，女人一向都是对你投怀送抱的，这一点，我从来都没有怀疑过。可是你觉得这样有意思吗？她们说爱你，就是真的爱你吗？想想都知道不是，她们爱的是你的钱，你说呢？我承认我也爱钱，但我更爱你。你想想，以前我有主动要你给我买过东西吗？在我的记忆里，好像一次都没有。我要真的是那种女人，我会让你给我买很多珠宝、旗袍，我想你一定不会拒绝我的。因为，曾经有一段时间，看得出来你还是很喜欢我的。我想，也许正是由于这一点，你喜欢我比喜欢其他女人要久一些。现在想想，我似乎应该满足了，因为你对我跟别的女人到底是有区别的，可是你不知道，我要的不只是这么一点小小的区别。我把你看成是我的全部，而你呢？

那天晚上，站在开明戏院的大门口，我就在想这个问题：对于你来说，我到底算什么呢？那天晚上我打电话约你看电影，说好晚上七点在戏院门口等的，可是直到电影散场，你还是没有来。你不知道，那一刻，我的心里有多难过，泪水止不住地滴落下来。你太让我伤心，太让我失望了。那天晚上，我去电影院的时候还没有下雨，回家的时候却突然下起了大雨，我就那样淋着雨走在大街上。我的衣服和头发全湿透了，不过，当时我似乎一点都没有感觉到。因为，那个时候我心里真的好难受。我不知道自己最后是怎么走到家的，只记得，在街上摔倒了好几次。那是我第一次主动约一个男人看电影，可是你却那样对我。

那次以后，我们再也没有一起看过电影。既然你没有时间陪我，那我就一个人去看。我最喜欢看的是爱情片，可是一个人看电影心里总感觉怪怪的，感觉没那么幸福。你给了我太多幸福的瞬间，但同时也给了我太多心痛的打击，你知道这样有多残忍吗？你怎么可以这样对我？我到底做错了什么，你要这样惩罚我？你知道那天晚上回到家以后，我哭得有多伤心吗？你知道我有多在乎你吗？你怎么可以那样一次又一次伤我的心？我为你付出那么多，只是希望你能好好地爱我，难道这一点你不清楚吗？有时候，我真的不知道你是怎么想的！

在那之前，我以为我已经很了解你了，但是那天晚上，我第一次感觉到其实我并不完全了解你，你好像还有另外一面，我所不了解的一面。那天晚上，我忽然意识到这一点，这可怕的一点。你知道吗？我一时根本接受不了这个事实。因为你在我的心里一直是那么好，就像一张白纸，突然之间上面多了一些污点，我无法承受。你叫我怎么承受，怎么相信呢？可是，这就是事实，我无法逃避。其实，我应该早就可以看清楚你的，只是，我一直把你想得太好，一直在骗自己，一次又一次地骗自己。现在想想，自己当初真的好傻。你太会装，太会演戏了，你演得太像，让我以为一切都是真的。当真相浮出水面的时候，我真的不敢相信。现在想想，是我活该，谁叫我爱错了人呢？但是至今，我还是不明白，好好的一份爱，怎么会慢慢地变坏呢？

还记得，有一次，你为了保护我，跟几个男人打架，那是我第一次看你和别人打架。那一天，你的手臂被他们其中一个人伤到了，流着血，血一滴一滴地滴在大街上。你拉着我的手，在街上拼命地跑。那天看见你流了那么多的血，你知道我有多心疼吗？以前，我恨过你，可是一想到这些，我就不那么恨了。为什么你有时候那么好，有时候又那么坏？如果，你能一直对我那么好，那么我肯定不会离开你的，你说是不是？其实，那次你伤得挺严重的，但你还是强忍着疼痛，你不知道，那样让我更难受、更心疼。

记得那天晚上，我们在大街上散步。那时，天色已晚，街上已经没有什么人了。走着走着，你突然问我可不可以亲我一下。那时的我还很腼腆，再说，又是在大街上，所以没有答应你的要求。其实，那一刻我很想答应你的，因为，那个时候，我真的很爱很爱你。不知道为什么，每次你亲我的时候，我的心里都会不知不觉地有些紧张。我知道，只有面对你的时候，我才会有这种意想不到的变化。和你在一起那么久，那种感觉都不曾消失过。从这里，我再次确认了一件事：那就是从前我真的深爱过你，并且那份爱没有随着时间的推移而有丝毫的减少。可是，这份爱情最后还是从我身边消失掉了。

当初，我一个人拼命地在那里挽留这份爱情，现在想想，很不值得。既然你不懂得珍惜，我做再多也没有意义。其实，我知道我们迟早会分开的，只是没有想到，这一天来得这么快。我知道，你本来就不属于我，要不是我对你太好，什么都听你的，你怎么会爱上我这么普通的女人呢？再者，是因为我长得漂亮，你出去带上我会感觉很有面子，是不是？男人大概都是爱面子的吧。我没有一点贬低我们之间爱情的意思，我说的都是事实。现在，回过头来看看从前，一切似乎都可以看得很清楚。我一直很尊重我们之间的爱情，曾经把它想得太美好，就是因为这样，最后才会如此失望，一切只不过是我的想象。

还记得那天在火车站，你送我离开的时候，我哭得很厉害，泪水模糊了我的双眼，你也伤心地掉下了眼泪。我不知道，我们之间到底是怎么了，为什么会是那样的结局。这不是我想要的结局，你知道的，这不是我想要的。为什么我想要的总是得不到，不想要的又放不下？你的眼泪，说明你是在乎我的，爱我的，可是，我们为什么还是不能在一起呢？也许，爱情就是这样吧！不是说，你爱我，我爱你，两个人就能在一起了，还需要一些别的东西来支撑。那一瞬间，我真的不想离开你，不想放开你的手。

那天，你抱了我很久才放开。那天真的很冷，可是你的拥抱却让我感到如此温暖。我知道，以后，你再也不可能抱我了。想到这里，我更难过了。我知道，分开也许是我们之间最好的选择，否则，我们会继续折磨彼此，我也真的累了，真的支持不住了。曾经，我以为爱情只会让人感到快乐，没想到我们之间的爱情让我心痛，让我失望。这些，是我不曾想到的。也许是因为，当初我太单纯了，不过不得不承认，离开你之后，我的思想变得成熟了。这些，都是因为你而改变的。你改变了我，让我变得现实，我再也不是当初那个单纯可爱的小女孩了，而是变成了一个庸俗的女人。以前，我是不怎么喜欢钱的，但是现在却不一样。有时候，钱更能让人有安全感。从前，你就给不了我安全感，我感觉随时都可能会失去你。我讨厌那种感觉，那种患得患失的感觉，真是一种可怕的感觉。

曾经，我一心想抓住你，想把你留在身边，可是最后还是没抓住。现在想想，你只是突然闯进我的生命里，短暂停留以后就离开的那个人。从前，我以为你就是我一直在等待的那个男人，后来发现不是，是我弄错了。那天，约你看电影你没来，于是我就知道，你不是我要等的那个男人。我等的那个男人，肯定不会失约的。有多少次，我以为你会是最后娶我的那个男人，可是你并不是。你不知道，发现这些让我有多伤心，就好像我的一个梦不知不觉破碎了，让我跌入现实之中。现在想想，从前我似乎一直活在那个梦里，正是因为有那个梦，我才会爱你爱得那么痴狂。说实话，有时候，我会分不清自己是不是在做梦。可能是因为感觉太幸福了，才会有这种错觉。

正是因为当初爱你爱得那么深，在相当长的一段时间里，我都难以摆脱那种痛苦。那是一种折磨，一种煎熬。我不知道，自己为什么会对你一直那么深情，那么难以忘怀。你到底有什么好的，值得我为你这个样子？其实，连我自己都不知道这个答案。以前，我是为感情而活着的，现在只是为自己活着。为感情而活，就会经常烦恼、不开心；为自己而活，就不需要考虑太多东西。其实，人有很多烦恼都是自找的。从前，我总是想东想西，但是唯独没有考虑到自己。我怎么会注意到自己的存在呢？我所有的热情似乎都倾注在你的身上，你开心我就开心，你难过我也会跟着难过。曾经，我感觉你就是我的一切，那种想法，现在想想其实很可怕。我很害怕你生气，害怕你不理我，同时，我更害怕你不要我。我已经离不开你了，假如你真的不要我了，我该怎么办？那个时候，不知道为什么，我心里总会浮现出那么多奇怪的想法。也许爱一个人就会胡思乱想，就会担心，对不对？

记得你说过，你会永远爱我，永远也不会离开我。现在想想，这些话很可笑，但当时我却深信不疑。或许，你对别的女人也这样说过吧，她们可能不信，但我却信了。相对她们来说，我可能比较好骗一点，你说是不是？你对我说过太多的甜言蜜语了，这些话，现在想起来，是那么的假，可在当时，我是那么信任你，因此从来都没有怀疑过。其实，你根本不懂得怎么去爱一个女人，怎么去疼一个女人。如果你真的懂得这些，你怎么会伤我伤得那么深？其实女人的内心，都是脆弱的，经不起折腾的。你如果真的爱一个女人，就不要伤害她。女人是用来疼的，不是用来伤害的。你说呢？

其实，说到底，我还是被你的外表给骗了。你的样子，看上去那么老实，怎么看都不像一个坏男人。现在，我知道，是我错了，可是当时我并没有意识到这一点，我被你虚伪的外表给蒙蔽了。不过，不得不承认，你穿衣服很有品位，这是很多男人做不到的，这也是我喜欢你的一点。可能是因为你俊朗的外形，让你挺讨女人喜欢的，这一点也让跟你在一起的女人不是那么有安全感。任何女人，都希望她爱的那个男人只属于她一个人。其实，曾经，你并不属于我一个人，虽然我不想承认，但这却是不争的事实。另外，我想告诉你的是，跟你在一起的时候，我真的好开心，也许，只有和心爱的人在一起才会那么开心。我不知道，你跟我在一起的时候是不是也同样的开心，想想应该一样吧，这种东西是很难伪装的，如果这个东西也能伪装，那这个世界还有什么值得相信呢？

曾经，你亲口告诉我你爱上别的女人了，你知道那一瞬间我有多愤怒吗？你怎么可以这样对我，你心里有别人我会看不出来吗？你知道你这样直接地告诉我，对我的打击有多大吗？你不能不让我知道吗？那样我还能继续骗自己，认为你的心里只有我一个人。为什么你一定要那样做，让我不得不接受那样的现实？你不知道，你那样做对我有多残忍！曾经，我是多么信任那份爱情，可是你却让我不得不接受那样残酷可怕的现实。你不知道，那样我会承受不住的。这些，你都想过了吗？你怎么可能会想到这些，你那么自私，你想到的永远都是自己。不过，现在，我已经不怪你了，这一切都过去了，我已经彻底地原谅你了。

丽仪

5月20日

第三封信

小麟：

我知道，你一直都对我很好，也许是这个世界上对我最好的男人。可是你明白的，我并不爱你，到现在为止我爱过的男人只有佩东一个。你对我真的太好了，只有你才肯经常到上海来看我，换作其他男人，肯定是做不到的。我知道，我欠你的太多，可是我不想骗自己，更不想欺骗你的感情。对你，我一直都是愧疚的，我怎么能再欺骗你的感情呢？无论如何我都是做不到的！

我一个人在上海生活并不容易，无依无靠。你了解那种无助的感觉吗？那种感觉，就像一艘小船漂浮在无边无际的大海上，不知道什么时候才能靠岸。那种感觉，是很孤独的，你知道，我最怕孤独了！不过，这是我的选择，我并不后悔。我告诉自己，我要好好地活下去。我心里一直把你当作哥哥，如果你愿意把我当作你的妹妹，我想我肯定会很幸福的。我知道，你一直都是很疼我的，你就做我的哥哥好吗？

丽仪

10月20日

第四封信

忠诚：

我从来都不相信一见钟情的事，直到遇到了你，我才相信世上有这样的爱情。这一切，似乎是早已安排好了的，怎能不这样呢？在遇到你之前，虽然也有很多男人追我，但我知道他们并不是真的爱我。只有你，才会一心一意地爱我，才会那么关心我、照顾我。本来，我是想嫁给你的，因为我真的很爱很爱你，在你之前，我还没有像爱你一样深爱过别的男人。对于他们，我只有感激，真的很感谢他们对我的帮助，但这和爱情是两码事，我不能因此就答应他们的所有要求。也许这就是他们最后一个个离开我的原因，他们在我这儿得不到他们想要的东西。有时候想想，我还是挺愧对他们的，毕竟他们曾经对我很好。你和他们是不一样的，我对你的爱，也是发自真心的。但正因为如此，我才必须离开你，因为我不想连累你。

当你看到这些文字的时候，我已经离开了。你不要来找我，因为你找不到的。你知道，我住的那栋别墅是金老板送的，还有大门口停的那辆汽车。如果我和你在一起，他不会放过你的……我知道，一开始，你没有那么喜欢我。这个，我是能理解的，你可能觉得我是个很随便的女人，不管是哪个男人，只要在我身上花了钱，就能得到我。不过，你错了，我不是那种女人，即使是金老板他也没有得到我。当然，他是很爱我的，不然也不会送我汽车、别墅。不过，与此同时，我也为他做了很多事，其中有些事是很棘手、很难办的，算是回报他吧。但是我这个人有一点你是很清楚的，就是不愿意欠别人太多，能还的尽量想办法偿还。别人可能认为我既长得漂亮，又有钱，好像没有我办不成的事。其实，一个女人有这些又怎么样呢？这些不是她最需要的。一个女人最需要的，恐怕还是爱。就像我，如果没有你，没有你的爱，我的灵魂就像是被抽走一般，只剩下一个干枯的躯壳。

你不知道，在你没有出现的时候，我一个人在上海这座城市是多么孤单无助。我知道，现在我变了，已经不再是从前那个单纯的女孩了。可是，你肯定不知道我为什么会变成这样。是这座城市，是现实让我变成这样的，因为，我再也不想过回曾经的那种苦日子了。曾经有一段时间，我也很讨厌自己，为什么会变成这样？我使劲地想，整整想了一天。现在我明白了，一个女人，只要有一种过奢华生活的蠢蠢欲动的贪念，她就会变成我现在这个样子。事实就是如此，谁都无法改变。就是这种罪恶的贪念害了我，害了我的爱情。也许，人生就是这样，你不知道你什么时候会得到什么，什么时候又突然会失去什么。现在，过去模糊得像一个跟随在我身后的影子，我只是偶尔回头看它一下。不过，一直到现在，我还是清楚地记得那些发生在我们之间的事。

你知道的，我跟金老板在一起，只是想找一个依靠。他虽然长得不算英俊，却对我十分的好：他给我买一切我想要的东西，珠宝、旗袍……只要我向他开口，他都会满足我。我知道，他很有钱，这些东西对他来说不算什么，但是它们对我来说，却是一种奢求，至少曾经是一种奢求。你知道，他只是我的一个依靠，我并不爱他，我爱的人只有你一个。可是真要我离开他，和你在一起，我不知道我做不做得到，虽然我爱你，但是离开他，我可能会变得一无所有，那些我喜欢的东西也会瞬间离开我。其实，一个人最怕的就是得到一样东西以后再失去。曾经，我就尝到过这种痛苦无比的滋味。

在金老板之前，我追随过一个叫陈世豪的男人，他是通行珠宝店的老板。这个矮个子男人和金老板一样，对我也是十分的好。他知道我喜欢钻戒，有一次送给我一只，粉色的，三克拉大。这只戒指，我一直很喜欢，它亮闪闪的，像星星一样夺目迷人。如果没有他，靠自己我恐怕这辈子都买不起这样的钻戒，你说是不是？可是，我现在想你了！我想回到从前，我想那时第一个认识的男人是你，我不要这只钻戒，也不要汽车、别墅，我只要你，只要和你在一起。现在，我知道，这不可能了，我恐怕再也不能回到你身边了。

你还记得那一天，我们在街边的馄饨店一起吃小馄饨吗？我从小就喜欢吃那种小馄饨，真的很好吃。那天，跟你坐在一起，更是觉得幸福。其实，你知道的，跟你在一起，我很容易满足，哪怕只是吃一碗小馄饨，都会感到幸福无比。现在，我不知道，你经过那家店的时候，会不会想起我。曾经有一段时间，我觉得钱可以买到我想要的一切，现在我知道这不可能。有些东西，就是拿再多钱也换不来的，比如时间，比如爱情。现在，在离开你之后，我才强烈地感觉到爱情对于我有多么重要，我发现我已经离不开它了。它此刻正在折磨着我，让我不得不天天地想你。以前，我从来没有过这种感觉；现在，这种感觉像潮水一样汹涌而至。我不知道，它还要折磨我多久，我真的不知道。

记得有一天晚上，在我家里，你第一次抱我，你说你好想就这样永远抱着我。你肯定不知道，那一刻我有多感动，那时我也想永远和你在一起。那一刻，那一瞬间，我只想永远地待在你身边，只要能够待在你身边，什么条件我都会答应。其实，有时候想想，女人是很傻的，为了爱情可以倾注她的全部，哪怕最后弄得遍体鳞伤。可是，这有什么错呢？对一个女人来说，爱情就是这么重要。现在，我好想你再抱我一次，像从前那样再抱我一次。可是我知道，这不可能了，跟那只钻戒一样，你的拥抱现在对我来说也是一种奢求。

这几天，我一个人待在房间里，感到很寂寞。没有你在身边，我怎能不寂寞呢？你知道的，我最怕寂寞了，置身人群中一个人生活是一件寂寞而又可怕的事。照说，我是寂寞惯了的人，不怕这些，可是不知道为什么，没有你在身边陪伴，我还是会怕。

其实，在认识你之前，我心里一直存着一个想法，那就是赚钱。我想赚好多好多的钱，因为那样的话，我就可以买我想要的任何一样东西，用自己的钱买，而不是向一个男人开口，让他给我买。这不一样。别人送你东西，你总是要付出一定代价的，是不是？其实，我并不想一辈子靠男人养活，我年轻漂亮的时候，他们肯为我花钱，等我老了，他们还愿意为我花钱吗？只有真正爱我的男人才会一直为我花钱，对不对？原先，我想等赚够了钱，就离开他们，可是让我没想到的是，事情并不像我想的那么简单，他们不会轻易地让我离开。现在，我终于离开他们了，你不知道，我最舍不得的是你，我真的不想和你分开。可是，有些事不是我们说了算的，注定会发生，想躲都躲不掉。

还记得，有一次在一条巷子里，不知从哪冒出来一个男人，拿着刀指着我，让我把包里的钱掏给他。当时，我害怕极了，不过幸运的是，那天你正好从那里经过，看见了我。最后，那个坏人被你打跑了，但是你的手臂不小心被他的刀给划伤了。现在，我才明白一个道理：一个女人嫁一个男人，不一定要找有钱的，而是要找一个自己爱的并且对自己好的。如果他遇到那个坏人，丢下你不管，就算他再有钱，你也不会喜欢他的，你说对吗?

那段时间，我老是做噩梦，梦里那个坏人拿着刀一步一步向我靠近，刚开始我怕得要命，后来你出现，我就不怕了，你一出现我就什么都不怕了！你知道从那件事以后，你在我心里变得有多重要吗?你变成了我的全部，我的世界因为有了你才有了意义。而现在，没有了你，我的世界像是一夜之间全部坍塌、覆灭；没有了你，我的世界显得一片灰暗，透不进一丝阳光；没有了你，我的世界失去了色彩。现在，你知道你对我有多重要了吧！

还记得，曾经有一段时间，我很厌倦自己的那种生活，想赶紧找个男人嫁了。现在想想，这个想法挺幼稚可笑的。通常，男人接近我，不是因为他们爱我，而是想玩一场爱情游戏罢了，让他们其中一个娶我，那几乎是不现实的。像我这样的女人，不敢奢求这一点。然而，对于你，我曾经是奢望过的。我真的厌倦了从前那种生活，我想和你一起过平淡幸福的生活。也许，在别人的眼里，我已经很幸福了，吃得好，住得好。但其实，他们并不了解我，他们只看到我光鲜的表面，看不到我的内心，这种生活不是我想要的。我知道，你是懂我的，你是唯一懂我的人，你知道那不是我真正想要的生活，你知道我的内心其实很疲惫。

记得有一天，我让你陪我到街上走走，没走多久，就下起了雪。其实，你不知道，牵着你的手在街上散步，对我来说也是一件开心的事。怎能不这样呢？现在，我知道，其实我想要的生活很简单，那就是和你待在一起，你有空的时候带我去散步看电影，仅此而已。可是现在，我知道这个愿望恐怕再也实现不了了。那一天和你在街上走了很久，那是我第一次走这么长的路，然而奇怪的是，我一点也不觉得累。这也许是和你一起走的缘故，除了这个理由，我找不出更好的理由。

从前我养过一只猫（那是刚认识你的时候），现在它已经生病死去。这只猫很乖，你曾经也像我一样喜欢它。现在，它已经离开我了，就像我离开你一样。为什么，我喜欢的不管什么到最后都会失去，你告诉我这是什么原因？难道，是因为我太坏了吗？也许吧，在别人的眼里，我就是一个不折不扣的坏女人，只知道勾搭有钱男人的坏女人。所以，我最后什么都得不到。也许，在这个世界上，只有你觉得我好，只有你不那样想我。不过，这样足够了，只要你爱我，我就满足了，别人怎么说，我一点也不在乎。有时候，我会梦见那只猫，那只白色的猫。我知道，我想它了。现在，比起想它，我更想你，真的好想你。虽然，和你分离没有多长时间，但我感觉却是那么久。没有你，我真的不习惯，希望有一天还能回到你身边。

还记得，有一次我们吵架，我生气从你家里跑出去，那天晚上，你一直在大街上找我，因为我没有回家。就是那个你在雨中到处找我的晚上，我才知道你其实是很爱我的，因为你找了我整整一个晚上。其实，那天晚上，我知道你一定会来找我的；而现在，我们可能再也不会见面了。我会好好的，你也一定要保重。

丽仪

5月25日

第五封信

小麟：

和你失去联系已经两年了，三天前我遇到了江美玲，她把你现在的地址、电话给了我。另外，她还给我看了准备寄给你的两封信，没想到，短短两年时间里发生了这么多事。我感觉，你变了，你再也不是我从前认识的那个小麟了。我知道，从前你离开我，是因为你对我不抱希望了，这一点，我能够理解。现在，我还在上海，但是不住在原来那个地方了，而是住在凤飞路，那个我们曾经一起走过的地方，不知道你还记不记得？如果有空的话，可以过来看看我。

丽仪

6月10日

第六封信

小麟：

记得那天，也是在苏州火车站，我第一次见到你。那是我挺倒霉的一天，那天我被一个坏人抢了手提包；但是那一天，又是我顶幸运的一天，因为那天我遇见了你，是你把我的包给追回来的。也许，从我下火车开始，那个人就盯上我了，是我太不小心了，只顾着找爸爸派来接我的人。

现在，还是在这里，和第一次见到你的那天一样，我依旧穿着那件绿色纹缎齐膝旗袍，你还是穿着那件黑色的长大衣；不同的是，这一次，是我来送你坐火车，你就要离开苏州去上海了。今天，是我一生中最伤心的一天；今天，我最爱的男人就要离开我了，我怎能不伤心呢？你说过，你爱我，可是，今天，你还是离开了我！我哭着对你说不要走，可是最后你还是离开了我。我知道，都是因为我爸爸，你不想在他的手底下做事，你不想被别人说是靠着他起来的。我知道，你是爱我的，从分别时你隐忍的眼泪我就知道你有多么的不舍。你说，将来某一天你一定会回来娶我。我知道，你不会骗我的，可是，没有你在我身边，我该怎么办？我会受不了的！我知道，你可以放弃现在舒适的生活，可以放弃美乐百货经理的职位，因为，你感觉这一切都是我爸爸给你的，而不是靠自己的本事得来的。我知道，你可以放下一切，唯独放不下我，你是爱我的。我知道，你也很挣扎，你不知道该怎么选择，不过我不怪你，真的不怪你。你不想有一天变得心狠手辣，为了赚钱不择手段。我知道，你不是那样的人。

其实，我知道，你一直觉得你配不上我，因为我是千金大小姐，有那么多有钱男人追求。可是，你不应该这么想的，我只爱你一个人，我的心里，再也容纳不了别的男人。我不在乎你有没有钱给我买好看的衣服，因为你说过我穿什么衣服都漂亮。

记得，你刚开始在美乐百货做店员的时候，工资少得可怜，想给我买衣服但是钱不够。那时，你还不知道我爸爸是谁，还不知道美乐百货是我爸爸开的。其实，你早就为我看好了一件呢子大衣，是黄色的，你认为冷的时候我可以把它穿在那件绿色纹缎旗袍外面，这样一定很好看。是的，这件大衣是恒光百货的新款，很贵，我去看过的。我也知道（当然，这也是后来才知道的），你曾经去看过好几次。不知道为什么，很久以来我很喜欢黄、绿这两种颜色，特别是黄色，所以半年以后，当你把那件大衣送给我的时候，我真的很开心，因为你知道我喜欢什么，我相信这就是缘分。我永远忘不了你送我礼物的那一天。那一天，是你第一次送我礼物，也是你第一次请我到那么高档的餐厅吃饭。我知道，在这不久前，你被我爸爸升为美乐百货的经理。

那时，你住在淮北路上，我经常坐车去找你。你知道的，我有一个好朋友莉莉，刚开始，我和你去看电影的时候常常拉着她，因为害羞怕尴尬。她真的很好，每一次都愿意陪我去，我心里是很感激她的。

其实，你能当上美乐百货的经理，当然是因为我爸爸的关照。可是那时，你并不知道，你还以为你是全靠自己得来的。现在，我后悔了，我应该早点把这件事告诉你的，或许这样，你现在也不会走，我真恨我自己。可是，你又叫我怎样向你开口呢？我怕，怕你知道以后受不了。我了解你，知道你是怎样的人，所以，我宁可瞒着你，可是这种事又怎么能瞒得住呢？一年以后，你还是知道了。我知道，我们曾经产生过那么多误会，现在想想，难道是因为我们的缘分太浅，所以最后会分离？不，不是这样的，那到底是为什么呢？我也说不清。说是因为我爸爸，恐怕也不全是那样。

记得，在你当上经理不久，美乐百货来了一个新员工。那个叫李美丽的女人，你是认识的，你说她是你的大学同学，但是有一点，你刚开始并没有告诉我，那就是她还是你的初恋。所以，你对她特别照顾，我跟你的一些误会，恐怕都是因她而起。怎能不这样呢？

有一次，我在开明戏院门口等你，那是我第一次主动约一个男人看电影（在这之前，都是别的男人主动打电话约我的，并且即便他们打电话请我，我也不一定会去的）。可是，你呢？那天下午，我在门口等了你整整三个小时，你都没有来。你知道那一天，我是带着怎样激动的心情去的，又是怀着怎样失望的心情离开的吗？你不知道，因为那时你正和她在一起，那个叫李美丽的女人。第二天上午，你跟我这样解释，你说昨天她生病了，在苏州，她只有你一个朋友，所以你不能不管她。可是，我呢？你就把我给忘了是吗？我在那里等了你整整三个小时。这是你第一次对我失约。

一个月以后的一个星期天，你又一次失约。那一天晚上，我站在大街上等了你两个小时，和上次一样，最后你还是没有来。那时候，已经是冬天了。你不知道，那天我有多冷。站在路灯下，看着来往的行人，我突然想哭，想大哭一场。你太过分了，你也许和李美丽在一起，把我的生日都忘了。你说好了要陪我逛街的，可是你没有来。我知道，那天她心情很不好，是她缠着你让你陪她。可是，和她在一起的时候，你就没有想起我，想起那时我还在街上等你？以前，没和你在一起的时候，我就感到自己很孤单，因为，从小到大，不管走到哪里，后面总有爸爸派的几个人跟着，说是保护我。他们拉开了我和别人的距离，但同时让喜欢我的人不敢接近我。莉莉是我唯一的朋友，她不在我身边的时候，我常常感到很孤单。那种感觉很难受，就像被锁在一个黑暗的屋子里，无论怎样叫喊，都没有人答应。后来，你来到我身边了，我想我不会再孤单了；可是，那天在街边的路灯下，看着昏黄的灯光，我又一次感到无比的孤单。

曾经，我以为拥有了你，孤单就会远离我，因为你会陪在我身边；但那一天晚上，我终于意识到一点：即使你陪在我身边，孤单还是会像从前一样偷偷地靠近我，因为你不属于我一个人，你还属于你的兄弟，属于那个女人。她可能比我更需要你，她在苏州没有一个亲人，而你就像她的哥哥一样，她孤单寂寞的时候总会第一个想到你。而我呢？你可能会说，我有爸爸的疼爱和关心，所以我不会像她那么可怜。可是，你不知道，我对她是妒恨的。因为你是我的男朋友，可是你却常常去关心和照顾另外一个女人，我怎么能不难过呢？我知道，有时候，她是故意的，她就是想把你留在她身边。她是爱你的，我看得出来。可是，她不应该再纠缠你，从前你们是爱过彼此，可那是过去，现在和将来你只属于我一个人。当时，我就是这样想的，我感觉你们的关系很暧昧，在我看来，你们不只是朋友那么简单。所以，我知道，我要和李美丽争。你现在还属于我，我不想在将来某一天失去你。你知道，我有一个特点：一样东西一旦归了我，那就是我的了，不到万不得已，我不会把它轻易送人。而你是我心爱的人，我怎么舍得把你让给别的女人？

第二天一早，你就带着生日礼物来给我道歉了，那时，我还没有起床。本来，我不打算见你的，因为我还在生你的气，你太让我伤心了。可是，我又想听你的解释，所以我对你说，我给你一分钟时间，跟我解释昨天为什么没来，你如果能说得让我满意，我就原谅你，否则我再也不理你了。你说，你从来都没有忘记过我的生日，你在一个礼拜前就给我买好生日礼物了，昨天晚上，你是要走的，可是她当着你的面，打开二楼房间的门，说你要是不陪她，她就从那里跳下去，当时，你没有办法，就只好答应陪她聊天。你只是和她聊天，其他什么都没有做。最后，我还是像从前一样原谅了你，因为我从来没有想过不理你。

两个月后，你再一次失约。我已经记不清楚这是第几次了，不是第六次，就是第七次。这一次，还是因为那个叫李美丽的女人，你没有来，而我在恒光百货门口等了你整整两个小时。这一次，我真的生气了，我把你刚送我的项链从楼上扔了出去。有一个星期，我都不愿意见你。你知道吗？那几天没有见到你，我有多想你；以前，天天在一起，我没有这种感觉，分开以后我才发现自己有多爱你。我知道，我不能没有你，所以最后还是原谅了你。我知道，你是真的很爱我，只不过我们之间可能存在很多误会。也许，你们之间并没有什么，只是我想的太多；也许，是我太爱你了，所以不能容忍你和别的女人单独在一起；也许，一切都是我的错，是我太黏着你了……

现在，你已经离开我了，也许我们分开一段时间对你我都好。我知道，只要你还爱我，你终有一天会再回到我身边。因为只要我们彼此相爱，再远的距离也阻挡不了我们，你说是吗？我会在这里等你，等你回来娶我。

美玲

6月7日

小麟：

一年以后，你终于回来了，可是，你这次回来，并不像你从前说的那样是回来娶我的，而是来和我告别的。你把一切都告诉我了，先前我所不知道的一切统统告诉我了。不过，现在我宁愿不知道，还像从前那样苦苦地等你，等我深爱着的你。

你告诉我，在认识我之前，你有一个女朋友叫心萍，和我长得很像，你曾经像爱我一样地深爱着她。和我一样，她也爱穿旗袍；和我一样，她也爱玫瑰花。你们一直深爱对方，只不过后来失去了联系，你才会来到我身边；而我，可能跟她长得太像了，所以你第一次见到我还以为就是她。现在，在上海，你终于遇见她了，原来这个女人一直在找你；现在，你们终于重逢了，她要你娶她。我知道，你还爱着她，现在你想跟她在一起；可是，我呢？你想过没有，我在这里等了你一年啊！我等啊等，等了你整整一年，现在终于把你等来了，可是你还是要离开我！也许，你之所以会跟我在一起，只是因为我长得像她；可是，我是那么爱你，从以前到现在都是如此深爱着你，你怎么舍得离开我？也许，我还是比不上她吧？她在你的心里，还是比我好吧？

你知道吗？要不是因为你，我可能早就结婚了。在你离开之后，有一个叫易峰的男人一直在追我。他对我很好，有几次都叫我嫁给他，可是，都被我拒绝了。明明知道很伤他的心，可我还是一再地拒绝他，因为我始终相信，有一天你会回来，你会回来娶我。后来，我把和你之间的事都告诉了他，并且叫他不要在我身上浪费时间了。我知道，他明白我有多么爱你。可是你呢？你知道我有多爱你吗？我真的很爱很爱你，只要能和你在一起，我可以什么都不要！可是，现在，你又要离开我了，你要和另一个女人在一起了。我等了你那么久，可最后你还是选择了她？我到底哪一点比不上她，你告诉我，我真的想知道！为什么你总是让我等你，一次又一次地等你，而每一次等待又都是无穷的失望啊！你不了解那种失望的痛苦，如果你真的了解那种痛苦的话，你也不会一次又一次地让我等你那么久。其实，易峰他知道我们的爱情以后，就没有再跟我说过要娶我的话，因为他知道，我爱的人是你。

还记得，我们去爱河桥散步吗？你可能已经不记得了。我永远忘不了那一天，那一天挺冷的，你把西服外套脱下来披在我肩上。每一次走到这里，我的脑海里就会浮现出你的身影，而现在，一想到这些，我的眼泪都要流下来了。

还记得，我十九岁生日的时候，向爸爸提了一个请求，那就是想独自住到春秋路去，爸爸在那里有一栋别墅。一直以来，爸爸是很疼我的，每一次我提什么要求，他都会想办法满足我，所以，这一次，他也答应了我的请求。你知道我为什么要一个人住到春秋路去吗？那是因为你，因为那里离你住的地方很近，我想住得离你近一点，这样方便你来看我。不过，有一点我要答应爸爸，那就是他会派几个人到门口保护我的安全。那个别墅很大，就只有我一个人住，有时候我会感到害怕，不过一想到你，我就不那么害怕了，况且那时你还经常来看我。有时，你还陪我打牌，打到很晚。从前，我只有莉莉一个朋友，不过她不能陪我玩到那么晚，因为晚上她一个人回去我会不放心。

其实，说起来我挺可怜的，感觉没人疼、没人爱。我四岁的时候妈妈就去世了，剩下疼爱我的爸爸又那么忙。所以，你知道吗？我对你就像对爸爸那样依赖，我离不开你，就像我离不开爸爸一样，但这种爱，又跟对爸爸的不一样，我想这就是男女之间的爱情吧？可是现在，我终于发现，虽然那时你在我身边，但是你的心却跟我隔得很远，因为在你的心里还藏着另外一个女人，一个你曾经深爱且从不曾忘记的女人。这个女人就是心萍。

记得，你跟我在一起的时候，有时候会坐在沙发上发呆想事情。现在，我自然知道你当时在想什么了，你是在想她，你根本忘不了她。也许，你曾经想过把她忘掉和我在一起，可是你做不到。我知道，你至今还保留着她送给你的那只银戒指，是两个环的。这只戒指，从我第一天看到你的时候你就戴在手上，我曾经想问你的，可是我没有问。只要你爱我，其他的一切都不重要。那只戒指你一直戴在手上，没有拿下来过。现在，我终于知道，这只戒指对你的意义有多大：她当初送你这只戒指的时候，希望有一天你会娶她，你会把两个环中的一个拿下来戴在她手上。也许，你跟我在一起，只是在我身上看到了她的影子，那个盘踞在你生命里挥之不去的影子；也许，我的一个微笑、一个小动作，都会让你联想到她。那我对你来说，到底是什么呢？现在我想问问你，你到底是爱她还是爱我？不过，此时也没有必要再问了，因为答案已经很明显。可是，面对这样的结局我还是不甘心，为什么我全心全意地付出，最后还是一场空？今天，我还穿着豆绿软缎旗袍，明天开始我再也不会穿旗袍了——从今往后，她喜欢的东西，都不会在我身上出现。

其实，易峰是一个好男人，至少他对我是很好的。现在，你已经离开我了，只有他依然留在我身边陪我。这个男人虽然没有你那么聪明，也没有你长得帅气，但是他却比你懂得怎样疼我。他知道，我喜欢什么颜色的旗袍；他知道，我喜欢什么牌子的香水；他知道，我喜欢玫瑰花；他知道，我喜欢珍珠耳坠……这些你不知道的，他统统知道。可能，当初我太爱你了，所以并没有觉得他有多好；现在，我才感觉到他其实真的很好，和你比起来，他更体贴，更懂得照顾我。他知道，不管怎样，我都不可能像爱你一样爱他，可是他还是愿意和我在一起，永远地和我在一起。对于这样的男人（在你离开之后），我恐怕没有办法像从前一样狠心地拒绝，还有什么理由能让我拒绝这样好的一个男人呢？我知道，有一天，我一定会嫁给他，因为只有他才是真心爱我的，会一直对我好……

美玲

6月7日

第七封信

倩如：

现在，我的身边只剩下你这么一个朋友了。其实，我知道，你一直对我很好，我一有什么事情，就会想到你。以前，我和忠诚在一起的时候，你就帮过我很多忙，我一直都没有机会好好谢谢你。我知道我不应该跟你这么客气的，可是你知道的，我这个人不喜欢欠别人太多东西。我有一条珍珠项链，你知道的，从恒天百货买的，一直没有戴过。我知道你也很喜欢这条项链，现在我把它送给你，希望你能收下。昨天，我已经把它寄出去了，相信你很快就会收到的。不知道你和心耀之间的感情发展得怎么样了？其实，我挺羡慕你们的，能和彼此喜欢的人在一起。和喜欢的人在一起，无论做什么都是开心的。而我，已经从忠诚的身边离开了。就算我此刻很想他，也没有办法看到他，哪怕让他陪我说说话，都不可能了。

还记得，那一天，我、你还有心耀一起去和平戏院看电影，那次放映的是爱情片。看着看着，我的心情就不好起来，因为那个时候，我还不认识忠诚。看着你们两个甜蜜幸福的样子，有一瞬间我心里真的很难过，因为我感觉那一刻，自己有点多余，像一个十足的电灯泡。我知道，你不是那样想的。其实，看到你们两个在一起那么幸福，我从心底替你们高兴，我希望你们能永远在一起。电影还没散场，我就说突然想到还有一件重要的事没办，不得不先走了。其实，当时，我真的没有办法看下去了。再看下去的话，我的情绪会失控的，我不想让你们看到我那个样子。

其实，我一直都是那个样子的，伤心难过的时候不希望被别人看见，我宁愿一个人躲在角落里哭泣。知道我为什么会这样吗？那是因为懂我的人太少，她们不理解我，就算我跟她们说了，她们也无动于衷，既然这样，我还不如不说，一个人去承受。我知道，你是理解我的，但是我麻烦你的事实在太多，就不好意思再去找你了。以前，我总是为感情而烦恼，我知道，你和我一样，一直被感情折磨着。从前，你给我看过一封打算写给心耀的信，从那里面我仿佛看到一点自己的影子。现在我知道我变了，我再也回不去了。

丽仪

6月20日

第八封信

心耀：

你知道吗？就是那一次和你吵架以后，我在楼上躺了两天两夜。那时，我们已经认识有七个月了。那两天，我一直在想问题，想我们之间到底是怎么了？你可以想象，那段时间，我的心情有多差，爸爸喊我下楼吃饭我也不去。当时，我的脸看上去肯定很憔悴，还有我的头发肯定很凌乱，一点也不像平时爱漂亮的我。我一定把爸爸吓到了，他大概从来没见过我这个样子。我知道，他一直是很疼我的，所以见不得我这个伤心的样子。在这个世界上，恐怕没有一个男人比他更疼我了。没错，你也疼我，但是你总是让我伤心，让我为你掉眼泪。你不知道，那两天我为你流了多少眼泪。只有你，才会让我流那么多眼泪。你不知道，我爸爸可心疼我了。从小到大，他从来没有像你一样，让我一次流那么多眼泪，每一次我生气的时候，他都会想办法哄我开心。

我知道你很忙，不过，我也只是想叫你陪陪我。你知道的，我没有什么朋友，所以只好来找你。其实，和别的女孩子一样，我只想你陪我逛街看电影。最近，电影院在放一部爱情片，我老早就想去看了。可是，你总是说没有时间，我一个人去又觉得没意思。为什么你跟我爸爸一样，只知道做生意，不知道好好陪陪我，女孩子是需要多陪伴的啊！你知道，我从来都没有主动叫你给我买过什么东西，只是希望你能多一点时间陪陪我。有时候，走在大街上，看见别的女孩子的手被她的男朋友牵着，我别提有多羡慕了，真的很羡慕。有时候，爱情就是这么简单，只要两个人在一起就行了。不过，这一点，你好像不是很了解。小时候，我就很羡慕爸爸妈妈，他们那么恩爱，常常牵着手在大街上散步。虽然那时候我还不懂爱情，但是也希望像他们一样，有一天有那么一个人牵着我的手在街上走。

今天，和从前一样，我又一个人来到江边的桥上。和往常一样，这里依然没有什么人，只有寂寞的人才会常来这里。我经常这么想，其实有时候我挺寂寞的。这座桥不宽，只能容许黄包车、行人在上面通行，汽车不能通行。所以，这里挺安静的。我喜欢这里，所以常来这里。其实，有时候我会觉得自己有点傻，才会在桥上傻傻地待上两三个小时。不过，我不来这里，还能去哪呢？我没有别的地方可去。听说，这座桥，以前拍过电影的，不知道是不是真的，不过站在桥上，远看上去真的很像电影里出现的画面。后来这座桥经常出现在我的梦里。说不清它为什么会出现在我的梦里，因为桥上只站着一个人，那个人就是我。没有你在身边，我经常会感觉到寂寞。你能理解那种感受吗？你恐怕不能理解，不然也不会丢下我一个人。其实，也不能怪你的，你确实很忙。我知道，你要是有时间，一定会来陪我的。

你穿白色西装很好看，真的，不骗你。记得从前，也是在这座桥上，那一天，你就是穿着白色西装，手里还拿着一朵红色的玫瑰花。那是你第一次在这座桥上等我。那时，你经常约我出来玩；而现在，我一个月只能见到你两三次。你已经很久没有送我玫瑰花了，从上次送花到现在，已经有一个月了吧。从前，你每个星期都会送我一次的。我知道，有时候我会耍大小姐脾气，缠着你让你陪我。可是，我想你能够原谅我的，因为女孩子在她们心爱的男人面前差不多都是这个样子的。而且，大多数女孩子嫉妒心很强，有时候看见自己的男朋友和别的女人讲话也会吃醋。你不知道，那是因为太喜欢一个人了。其实，每一个女孩子都希望她的男朋友只喜欢她一个人，只对她一个人好。

还记得，有一次我和朋友去风月茶餐厅，正好看见你也在那里，不过你对面坐着一个年轻的女人，所以我就没有过去找你。其实，那天我就坐在你的身后。我知道，那个穿红色长裙的女人，只是你的一个朋友，但是，不知道为什么，看见你和别的女人讲话，我心里就是不舒服。那个女人长得挺好看的，看上去是个好女人，也许是我想多了——恋爱中的女人总是爱瞎想。不过，你跟她之间有那么多话讲，这一点还是让我有点妒忌的。然而想想，也没什么，因为你跟她谈的主要是生意上的事。

宝丽说你不是很在乎我，但我知道，不是这样的，不是像她说的那样，你其实是很在乎我的，你抱我的时候我能深刻地感受到。只是因为你真的太忙，在生意上花了太多时间，如果不是这样，你一定会经常陪在我身边。我从来都没有怀疑过你对我的爱，一次都没有。我相信你是真的爱我的，即使再漂亮的女人站在你面前，你也不会心动的，你说是吗？我相信，你只爱我一个人，不会再爱上别的女人了，是不是？宝丽还跟我说，如果是她的话，谈恋爱也会找一个像你一样英俊潇洒的男人，但是结婚就不会找像你这样的，而要找一个对她好的男人。我跟她的想法不太一样，我希望谈恋爱和结婚的是同一个男人，那样该有多幸福啊！我知道，对于很多女人来说这不可能，因为她们不可能一生只谈一次恋爱。而对我来说，我希望是这样，因为你是我的初恋。在你出现之后，我才发现爱情原来是那么美好，比我想象的还要美好。

你知道吗？你不在我身边的时候，我是那么地想你。我知道，你一定也同样地想我，我想象得到。从前，你没有出现的时候，我根本没有这种感觉。可是，你还是会让我伤心，除了让我想你，你还会让我伤心流泪。可能，爱情就是这样的，有开心，也有泪水。我想开开心心地和你在一起，你说过喜欢我的笑容，那你就不能让我哭。也许，在别人的眼里，我活得很好，吃得好，住得好，还有什么值得抱怨的呢？其实，那是她们不了解我——表面上拥有一切，内心还是很空虚。空虚寂寞的时候需要找一个人陪，可是那个人在哪里呢？你不可能天天待在我身边。当然，这种时候还是很少的，大部分时间，我还是生活得挺开心的，特别是和你在一起的时候，是我一生中最开心的时刻。所以，我还是很庆幸能够认识你。只要能够永远和你在一起，我就觉得自己好幸福。

两个人在一起难免会吵架，就像我跟宝丽在一起，偶尔也会吵架。我知道，我的脾气不好，你们总是一味地忍让我，这让我心存感激。记得有一次，我和宝丽去美天百货买旗袍，我看中一件蓝色条纹的，她非说不好看，我就和她争执起来。那一次，我有一个星期没有理她，不过最后我还是去她家给她道歉了，因为她是我最好的朋友，我不想失去她。你知道的，我只有她这么一个朋友，所以，每次去美天百货买东西都会拖着她。我挺离不开她的，就像离不开你一样。我有时候像个孩子，需要她的陪伴，更需要你的疼爱。曾经，我送给宝丽一瓶香水，她很喜欢。我知道，她最喜欢这种东西了。仔细想想，我好像没送过几样东西给她，而她，对我是那么好。在没有认识你之前，都是她陪在我身边，现在想想，要是没有她，我之前的生活该怎么过？我最怕寂寞了，如果现在没有你和她在我身边，我肯定会受不了的，说不定会疯掉的。

还记得，和她吵架那几天她不在我身边，我简直快要疯掉了。因为我不习惯一个人去美天百货，一个人去珠宝店，一个人去电影院……总之，我不喜欢一个人出去。记得小时候，那些地方都是妈妈陪我去的。妈妈也是对我很好的。以前，我有什么委屈，有什么不开心的事，都会跟她说。现在，我再也不想和你吵架了。因为，我不想你不理我，我想和你在一起，永远不分开。我知道，相爱的两个人如果分开是一种什么样的痛苦。从前有段时间，爸爸也和你现在一样忙，没有时间陪妈妈。那段时间，我看得出妈妈是很不开心的，华丽的生活没有带给她多少快乐，而是无尽的寂寞和伤心。那时，我不怎么明白妈妈为什么总是不开心，现在，我终于知道了其中的原因。现在想想，我当初不应该惹妈妈生气的。有时，妈妈心情不怎么好，我还缠着她陪我去看电影，如果她不答应，我就躲在房间里不出来吃饭。现在想想，自己当初真的是太幼稚太不懂事了，一想起来就很后悔。也许，是我太依赖她了，可是，那时，我除了依赖她，还能依赖谁呢？就像现在依赖你一样，我别无选择。其实，一个人最可悲的事情就是没有选择。

现在，妈妈已经走了。我想，如果一切能够重新来过，能够再给爸爸重新选择一次，他一定会抽出时间多陪陪妈妈的。我知道，他心里一直觉得愧对妈妈，他说过妈妈是他在这个世界上最对不起的人。我相信他说的这句话，可是，现在说这句话又有什么用呢？为什么人都要等到失去以后才懂得珍惜呢？我不想像他们一样，所以最后你跟我道歉，我原谅了你。

晚上，我经常一个人坐在屋外的长椅上想你，什么也不做，就是不停地想你。那时候，我心里也在琢磨，你当时是不是跟我一样，在那里想我。虽然我知道，不久我们就会见面，但还是没有办法不想你，想你想得都睡不着觉。爱情真是一件可怕的事，但同时也是一件幸福的事，让人沉迷、无法抗拒。我不知道，坐在那里想你，在别人的眼里是不是很傻，不过，没有关系，恋爱中的男女恐怕都是这个样子的。你相信吗？很多个晚上，我都是这样过的。也许，别的女孩子也像我一样痴情，只有痴情的女孩子才会做这种事。有时候，外面很冷，可我还是不愿意回去，只拿一件大衣盖在身上。因为，我愿意就这么坐着想你，傻傻地想你，一直到实在太困了，才起身回到我的房间。多少个夜晚，我都是这样度过的。

你不在我身边的时候，我真的好想你。也许你无法体会到我的那种感觉，不过没有关系，你现在总该知道我有多爱你。对你的爱有多深，我形容不出来，要靠你自己去慢慢体会。如果，你真的了解，我想你以后一定会对我好的，不会再和我吵架，不会像从前一样让我伤心难过。现在，我再也不想和你吵架了，再也不想和你分开了。其实，女孩子是很容易受伤的，如果你真的爱我，就不要让我受哪怕一点点伤害，好吗？你舍得再让我伤心流泪吗？我知道，其实你是很爱我的，所以你一定不会那样做，对不对？现在，我多想回到从前，回到我们刚认识的时候。那时，你对我是那么好，我说什么你都会听。你不要误会，我不是说你现在对我不好了，而是说不如从前那么好了，你觉得呢？也许，你不会承认，但事实就是这样。不过，我不怪你，真的一点也不怪你，只要你对我好我就满足了。能和心爱的人在一起，本身就很幸福了。你说呢？

倩如

4月15日

第九封信

妈妈：

我想你了，真的，好想。我在上海一切都好，不要为我担心。其实，在女儿的心里，你一直都是这个世界上最疼我、爱我的人，不过，现在，我已经长大了，不能一直留在你的身边。有时候想想，真的好想回到小时候，有你在我身边，我有什么烦恼都可以跟你讲。而现在，不管遇到什么，我都要独自去面对、去承受。不过，我已经长大了，我应该一个人去承受这些事，你不可能陪我一辈子，是不是？从前，女儿的心愿就是留在妈妈身边，永远和妈妈在一起。可是现在，女儿长大了，知道不能够依赖你一辈子。妈妈，相信我，我一定会找到那份属于我的幸福的。过段时间，我会回苏州看望你的。有时候，我坐在卧室的沙发上，会突然想起你，眼角会不由自主地流下眼泪。你知道，那个时候我有多想你吗？从前和你在一起的时候，没有这种感觉，离开你之后，这种感觉却异常强烈。原来，你从来不曾远离过我，我一直在惦记着你。

小时候，我很喜欢你抱着我睡，你知道原因吗？那是因为我一个人睡觉会感到害怕。其实，我也不知道自己到底害怕什么，只是一闭上眼，眼前就会出现一些可怕的人。现在，我一个人睡觉还是会有那么一点点害怕，我很想你能再抱着我睡。不知道为什么，到现在，到此时，我还像一个孩子似的，对你那么依恋和不舍？也许我还没有真正长大、真正成熟吧。不过，说实话，我不想成熟得那么快。有时候，我宁愿自己变得单纯一些，这样的话想问题就会简单一些，就不会活得那么累。

现在，我真的感觉很累，在外面待的时间越久，就越感觉现实世界比我想象的要复杂得多。以前，我太单纯了，把这个世界想象得太完美，对待感情也是如此，但这一切根本没有我想象中的那样美好。为什么从小到大，我想得到的东西最后都不属于我，感情也一样。我究竟做错了什么？我真的不知道。也许，感情是我一生都无法逃避的伤痛，我注定为它而憔悴。曾经，感情对我来说，是我的全部；可是现在，我感觉它没那么重要了。我不知道我怎么会变成这个样子，也许，在经历了一些事情以后，原本坚信的东西在不知不觉中就动摇了。也许，现实就是这样，虽然我们不愿意承认。

记得，你曾经说过，在你的生命中爱情是最重要的。曾经我也这么认为，可是爱又是无奈的，不是想怎样就能怎样的。这几年，我深深地体会到这一点。这种无奈，是如此可怕，它生生地带走了我的爱情。我也想好好地去爱一个男人，好好地跟他在一起，但是在现实中，又是那么困难。现在，我已经离开忠诚，离开那个我深爱的男人了。我又要一个人孤零零地生活了。不过，妈妈，你放心，我可以的。我已经变得很坚强了，我再也不是从前那个软弱单纯的小女孩了。所以，你尽可以放心，我会照顾好自己的。

丽仪

7月1日

第十封信

旭天：

我以为，从此以后，我要一个人孤独地生活了，没想到，你会出现在我的生命里。还记得，那天晚上，我的心情很不好，一个人跑到夜上海歌舞厅去喝酒。那天晚上，我喝了一瓶半洋酒。那是我第一次喝那么多酒，喝得醉醺醺的，站都站不稳了，最后是你把我送回家的。那是我第一次见你，你穿着件黑色的长大衣，里面是浅灰色的西服。你的样子很英俊，总之给我留下了很好的印象。到家以后，你把我扶上楼，又让我在床上躺下，还给我倒了杯水。那天晚上，我真的喝多了，只记得这些了。第二天早上醒来以后，我还看见你留给我的字条，上面有你的名字和电话。我打电话给你，问你是不是对每个女人都这么好啊？你说不是的。我又说我跟你开玩笑的，真的很感谢你，等哪天有空我请你吃饭。

一个星期以后，我们再次见面，在一家小饭馆里吃晚饭。你一定不记得了吧？都过去那么久了，你怎么还能想得起来呢？而我，现在依然没有忘记。记得当时，你问了我很多问题，我一一回答了你。你好像对我很感兴趣似的，我虽然不确定，但是隐隐有这种感觉。其实，自从离开忠诚后，我根本没有想过这些事情，对你也一样，刚开始没有往感情方面想。我只是隐隐地感觉到你很好，仅此而已。

记得，有一天晚上，我一个人走在大街上，就那样慢慢地走着。在那一瞬间，我的眼泪止不住地往下流。那时，我忽然想起了从前，想起了一些关于忠诚的事。就在那个时候，你突然开着车出现在我的面前。你把车停在路边，从大衣口袋里掏出手帕，递给我让我擦眼泪。那时，我的内心真的很感动。记得我生气、难过的时候，你都会很紧张，这一点，是其他男人做不到的。那时，你不停地找话来安慰我，我知道你是为我好，可就是一句话都听不进去。我把头靠在你的背上，那一刻我哭得真的很伤心，泪水把你的大衣都浸湿了。可是，你似乎并没有注意到这一点，你说想哭就大声地哭吧，哭出来心里会好受一点。我知道你对我好，我心里清楚得很，只是那时，我还没有办法说服自己接受你。

你开车送我回家，我问你能不能再陪我一会儿，你没有拒绝。那一刻，我真的不想一个人，我会胡思乱想的，想想就会很伤心，这样我真的受不了。有你在我身边，我就可以和你说说话，随便说点什么都行，这样就能分散注意力，不再想那些伤心事。你知道那时你对我有多重要吗？你一定意识不到你自己的价值，那时的我是多么需要你。可是，我又不能留你留得太晚。那一瞬间，我突然害怕起来。你知道我怕什么吗？我怕自己会喜欢上你！我叫你走，也是怕自己会控制不住自己。那种感觉真的很让人畏惧，我知道，我不是它的对手，所以选择逃避。

不过，你走之后，我并没有胡思乱想，可能因为一天下来太累了，我很快就睡着了。那天夜里，我竟然梦到你了。那一瞬间，我突然害怕起来，我不知道这个梦是否意味着什么。虽然明明知道联系不起来，但是还是隐隐地觉得有点关联。我知道，我的内心一直在逃避，逃避你对我的爱，因为我真的没有办法很快把忠诚忘记。你要等我，要给我时间。我不知道为什么会这样，也许是因为你对我太好了，才会让我变成这个样子。曾经，我告诉自己，从今往后不要再喜欢任何一个男人，免得让自己痛苦。现在，我不知道我的内心是不是还像当初那样想，我真的不知道。你不停地拉近我们之间的距离，一点点走入了我的内心。你为了接近我，搬到了我住的那条街上，就因为这样，我经常能在街上遇到你。当然，一开始，我并不知道这些。

记得那天晚上，我们和你的几个朋友一起去夜巴黎玩。玩到一半，就出事情了——你打了里面一个三十多岁的男人。当时我挺生气的，问你为什么动手，你也不回答。事后我才知道，是因为那个男人说了侮辱我的话。那一刻，我忽然意识到一点，原来你是那么在乎我，不愿意看到我受哪怕一点点伤害。跟你在一起，从来也没有看过你跟谁动手，从这一点可以看出你是真的喜欢我。可是，那个时候，忠诚还占据着我的心。其实那个时候，我的内心是很矛盾的，我不知道怎么办才好。虽然知道你真的很好，忠诚已经属于我的过去，但是我还是不能马上接受你。也许，女人就是这样，对于爱情如此痴情。

其实，对于每一个我曾经爱过的男人，我都是全身心地投入，哪怕最后受伤的人是我。不知道为什么，到现在为止，我还相信爱情？按理说，我已经过了这个年龄，不会再盲目地相信爱情，相信男人。有时候，我会叫你不要在我身上浪费时间了。你知道，我为什么会这样说吗？因为，我害怕我会辜负你的期望，我不想伤害你。你对我那么好，我一点都不想你因为我而受到伤害。如果真的那样的话，那我感觉我真的是太对不起你了。可是，你并没有因为我的这番话而有所改变，还是一如既往地对我好，这一点很让我感动。也许，正是因为我的心里还相信爱情，才会给你机会让你接近我。

还记得，那天晚上，我们在大街上散步，走了一会儿，突然下起了大雨。我们没有带伞，你把你的西服脱下来，我们就那样把你的衣服挡在头上往前跑。那天我们弄得挺狼狈的，衣服全湿透了。可是，不知道为什么，我感到很开心，好像忘记了所有的烦恼和不开心。雨越下越大，但是我们一点都不在乎。我不知道，自己为什么会突然变得如此疯狂。这一点都不像我。整个城市，像是被浸泡在雨水中似的，大街上已经没有行人了，只有两排昏黄的路灯孤零零地站立着。我们两个只顾低头往前跑，那一瞬间，我感觉整个世界好像只剩下我们两个似的。我不知道自己为什么会有那么奇怪的想法，现在想想，那一场大雨，不知不觉中又拉近了我们之间的距离。有些事情，是无从解释的，只能顺其自然，你说是不是？

那场大雨持续了两天两夜，那两天，我一直待在家里，因为不想出门，就躺在床上看书。其实，一个人的时候挺寂寞的，从小到大，我最怕的就是寂寞。可是外面的雨下得很大，我不好意思打电话叫你来陪我。没想到，正在我这样想的时候，你突然敲门，出现在我的面前。你的衣服都被雨水打湿了，那一瞬间，看见你那个样子，我竟然有那么一点心疼的感觉。这细微的变化，让我意识到了一点什么。我知道，我不该给你机会接近我的，只是没想到我会这么快就喜欢上你。我知道，我太容易投入感情了，正因为如此，我的一生才会被感情折磨着，无穷无尽地折磨着。

那天下午，你整整陪了我四个小时。我不知道，为什么跟你在一起会那么开心。其实原因很简单，跟喜欢的人在一起，做任何事都是开心的。这种感觉很奇怪，跟喜欢的人在一起，哪怕只是说说话，也是一种幸福。这也许就是爱情的力量，这么多年我深深体会到了这一点。自从喜欢上你之后，我发现我对你越来越在乎了，或许正是由于这种在乎，我会常常莫名其妙地生你的气。比如说：我约你看电影，你迟到了几分钟；晚上打电话给你，没人接；你答应我的事，没有做到……那段时间，我不知道自己怎么会变成那个样子，经常为了一点小事就跟你生气。

记得，有一次，我去你那个百货公司找你，你让我在办公室里坐一会儿，说有点事出去一下，一会儿就回来。那天，我在那里等了你整整三个小时。说实话，那天我真的很生气，你不知道，把我一个人丢在那里我有多无聊。我等啊等，知道你又把我给忘了，没办法只好先回去了。其实，那天，我挺失望的，你总是这样，让我一次又一次地等你。你不了解，那种感觉——等的那个人最后没有出现，那种感觉很难受，你很难想象。几天以后，我就不生你的气了，因为，我从来都没有想过要不理你，生气只是暂时的。其实，你不知道，女人生一个男人的气，是因为她的心里有他，并且很在乎他；如果不是这样，她就没有必要生他的气。现在，我已经很少会生气了，因为，我只有对我喜欢的人才会生气。对我不喜欢的人，我不会生他的气，有什么值得我生气的呢？也许是因为，现在的我跟从前心态不一样了。人都会变的，而且那种变化大得让人不可思议。然而，事实便是如此，谁都无法改变。

五个月前，忠诚来找我了，他终于找到我了。他还爱着我，想叫我回到他的身边。我跟他说，我们回不去了，再也回不去了。我把我们之间的事跟他讲了，也告诉他，如果没有遇到你，我肯定会毫不犹豫地跟他走；可是，在喜欢上你之后，我就办不到了。因为，我的心里有你，假如跟他走的话，那对你太不公平了，何况你一直都对我那么好。过去，我是深爱过他，但是，那只是过去，有些事情过去就过去了，不可能重来，一次都不可能重来。那天，我哭得很伤心。也许，对我来说，爱情从来就是一件得不到的东西，但是我一直在苦苦追求，希望有一天能够得到。

和他见面的那一天，下着大雨，雨水不停地敲打在玻璃窗上。我和他是在白百合西餐厅见的面。你不知道，那天我的心情有多低落。当然，大部分是因为他，另外，也是因为那时下着雨。现在，我发现一个问题，那就是每次一下雨，我的心情就会变得不好，会感到很孤独。那一天，我的话很少，都是他一个人在讲。其实，某一瞬间，我觉得挺对不起他的，他去过很多地方找我，他的心里从来都没有放弃过我。可是说实话，我并没有他那么坚持。在发生这么多事情以后，我的内心变得很脆弱，需要人关心，更需要人疼爱。这些，他是理解我的。

记得那天，我跟他说得最多的一句话，就是对不起，因为除了说这个，我真的不知道还可以说什么。可是，说这个还有什么用呢？一切都过去了，谁都无法挽回。我知道，他对我很失望，从他的眼神当中，我能看得出来。他对我失望是正常的，这么多年，我也是从失望中走过来的，现实带给我的打击太大。我不想对他过多解释什么，因为任何解释都显得苍白无力，没有丝毫作用。我不知道，为什么和他会是这样的一个结局。那一刻，我和他坐得是那样近，可是我发现，我和他离得又是那么远。在那一瞬间，我感觉他只属于我的过去。我不知道，自己为什么会那么想，但是那种感觉很难受，直到此时此刻想起来，我的内心依然畏惧不已。我害怕那种疏离感。你知道，他曾经是我的一切，是我活着的最大意义。我不知道，那四个小时我是怎样熬过来的，那是我生命中最为漫长的四个小时，漫长而煎熬的四个小时。我知道，在这之后，在这四个小时之后，我和他之间，就再也没有任何关系了。

那天晚上，我不知道我是怎么走回家的，那简直不能说是走回去的。我头痛得厉害，拖着疲惫困倦的身体往前走。平时大概半个小时的路程，那天我走了将近一个小时。一路上，我都在想他，想我和他从前的一些事。过去的一幕幕闪电似的涌上心头，可是，这些回忆，模糊不清。它们就像一场梦，一场凄美而又短暂的梦。

第二天，我起来得很晚。这时，雨已经停了。我看见你的车停在我家楼下，你来看我了。这一次，你给我带了些点心和鲜花。那天，你陪了我整整一天，晚上也整夜待在我的身边。其实，有你在我身边，我感到很幸福。那天晚上，那种感觉变得很强烈。我知道，就是在那一个晚上，我爱上了你。那天晚上，你吻了我。那是你第一次吻我，深情地吻我。你不知道，那一刻我的心里有多激动。我以为，我的内心已经趋于平静，不会再对任何一个男人起波澜。从这里，也可以看出来，我对爱情还抱有期望。接着，你又吻了我一下，我的头发都被你弄乱了。我从来没有被一个男人这么狂热地深吻过，我相信，那时我的脸肯定因为羞涩而变得滚烫通红。你一定注意到了这一点，不然你也不会有接下来的动作——你摸了一下我的脸，下意识地笑了笑。那一刹那，我的脸变得更红了。你把我紧紧地搂在怀里，那一刻，我感觉到一种热烈而又久违的幸福。

那个晚上，对我来说，是如此重要。怎能不这样呢？不过，现在想想，那天晚上又是如此短暂，感觉好像没有睡多久就天亮了。愉快的时光总是过得很快的。我不知道，你现在是否还记得那一晚的事情，也许已经不记得了吧！因为，没过多久，我就发现你变了：你开始对我爱理不理，不再像从前那样好了。一开始，我无法理解你的那种冷淡、那种变化，我不知道你为什么要这样对我，我还以为是我做了什么事惹你生气了。不过，后来我还是想通了：对于你来说，在没有得到一个女人之前，总是想尽一切办法去追求，不追到手不罢休；得到以后，没有新鲜感了，于是又变成另外一个样子了，不再对她那么好了，是不是？

其实，冷静下来想想，我们并不合适。你知道的，我对爱情是很专一的，喜欢一个人的时候是绝对不会再喜欢其他人的。但你好像不是这样的。我了解你，我只是你喜欢的那一类女人中的一个。像我这样的女人，还会有很多，如果你遇到的话，你同样会喜欢的。这是我们两个对待爱情截然不同的地方。说实话，你真的很好，有一个时期，我以为我们会永远地在一起。现在想想，这个想法很可笑，没有什么东西是永恒不变的，包括爱情。这些年，我深深体会到这一点。什么都是短暂的，一切都会过去的。

那天晚上之后，你对我似乎没有了当初那种热情和冲动。从前，我没有那么喜欢你；可是当我深深地喜欢上你的时候，你却没有那么喜欢我了。你不知道，当我意识到这一点的时候，我的心里有多难过。你为什么要这样对我，你不知道我会很伤心吗？你不知道，因为你，我放弃了忠诚。你知道，在你们之间做出选择，对我来说有多痛苦吗？因为，我不管选谁，都会伤害到另一个人。可是，现在，你是怎么对我的，你怎么对得起我呢？是你，把我拉入你的怀里，给我无限温暖；最后，也是你，把我从你的身边推开，让我一个人承受那种被抛弃的痛苦。你不知道，你这样对我有多残忍。慢慢地，你就很少来看我了，不过我也习惯了。要是放到从前，我一定会感到无限孤独的。可能，自己在不知不觉中变化了许多。人总是会变的，只不过变多变少而已。

记得那天下午，我一个人去通世珠宝店。说实话，那里的东西很贵，我根本买不起，只是很喜欢，想进去看一眼。里面有一条粉红钻石项链，是我最中意的。那里的老板人挺好的，每次我过去都对我很客气。他看出来我很喜欢那条项链，有一次，还把它拿出来，让我就着台灯的光好好看。我知道，那里的东西，我真的很难拥有，但是就是喜欢，没有办法——就像爱情一样，对我来说，也是一种奢求。那天下午，从珠宝店里出来，我一个人走在大街上。你知道那一刻，我的心里在想什么吗？我在想，如果我让你给我买那条项链的话，你一定不会拒绝我的，但是，我不想那样做。如果换作从前，我会那样做。可是，对你，我不想那样。除非哪天我决定嫁给你了，我才会让你给我买那么贵重的东西，不然，那算什么呢？你会不会猜疑，我是因为钱才和你在一起的。这是我最不愿意看到的，所以我不想那样做。

我已记不清自己去那个珠宝店看过多少次了，其实，每次去就是为了看看那条项链，我真的很喜欢它。要是放到从前，买这条项链对我来说根本不算什么，但是我并不后悔，我早已厌倦过去的那种生活。爱情，有时候还是单纯一点比较好，不要夹杂太多的金钱和其他的东西。你说呢？其实，从你那里，我最想得到的，是爱情。其他的一切，对我来说都不是最重要的，或者说可有可无的。为什么我一直得不到它呢？最近一段时间，我也想过这个问题。你不来看我，我的生活空虚得可怕。之前那段时间，你一直围绕在我身边，不曾离开过；突然间，你从我的身边消失，这让我很不适应。我感觉，那一刻，心里像是失去什么东西似的，有一种失落难过的感觉。并且，这种感觉，随着时间的推移，变得越来越强烈。我发现，原来我已经离不开你了，已经不能没有你了。可是，那个时候你到底在哪里呢？我给你打了好多电话，但是都没有打通，是因为你太忙了，还是因为你已经不爱我了？还是你已经把我给忘掉了？

我不能就这样被你遗忘，我想找到你，和你好好地谈一次。于是，我到处找你，去你的朋友家里找你，想问问他们知不知道你在哪里。大概一个月以后，终于有一天，我在大街上遇到了你。那次见面，是我意想不到的。那天，我看见你和一个女人在一起，那个女人看上去很年轻，只有二十岁左右。她依偎在你身边，和你并排走在大街上。那一瞬间，我似乎再一次跌入爱情的深渊。这一切，来得太突然，让我一时无法接受。有那么几秒的时间，我的大脑一片空白，头晕得厉害。那一刻，我好像连站的力气都没有了。不过，我很快就恢复了意识。当时，我只对你说了一句话：我们找个地方谈谈吧。你在她的耳边小声地说了几句话，就跟着我走了。

那天下午，我们去了梦巴黎餐厅。这是我生命中，又一段漫长而难熬的时间。我知道，在这之后，你就要彻底地离开我了。没有什么东西是永恒不变的，一切都会过去的。其实，我早猜到会有这么一天的，因为女人对于感情是很敏感的，是能提前察觉的。我只是太相信你，太相信爱情，才会经常在爱情中受伤，一次又一次地受伤。

当你坐在我对面的时候，我的目光落在你的身上，许久都没有移开。我想再一次好好地看看你，最后一次看看你，看看这个我曾经深爱过的，而此刻却给我带来伤害的男人。我知道，在这之后，我可能再也没有机会见到你了。你的眼神深藏着几分疲惫和不安。其实，你什么都不用担心，我会离开你的，无条件地离开你。你都不爱我了，我还有什么舍不得的呢？你都不怎么抬头看我。想想，是可以理解的，你都不爱我了，看我也显得是一种多余。那一刻，我在你的心里，本来就是多余的，可有可无的，你说是不是？我不知道，我们之间怎么会变成那个样子。就是现在，回头想想，我也觉得不可思议。也许，是我不够好吧，不然，你怎么会那样对我？

记得，我们一起去看过一处房子，那里，曾经是我的一个梦。你说过，有一天你会把它买下来送给我；你还说，你会娶我的。那个房子，虽然面积不大，但是我特别喜欢，喜欢里面的卧室和露台。我渴望着，有一天能够买一张漂亮的床放在那个卧室里。那时，我真的这么想，只是没想到我没有等到这一天。曾经，我以为这个梦很快就会变成现实，没想到，它依然离我很遥远。只是，那时，我正沉浸在爱情的喜悦里，你说的话，我简直每一句都以为是真的。还有什么值得怀疑的呢？

那一段时间，我似乎又回到了从前，那么相信一个男人。真的，我曾经那么信任你，可能也是因为这份信任，毁了我的爱情。可是，这又有什么办法呢？我不知道，我这样有什么错。我想，错就错在我爱上了你，这或许是我最大的一个错误。

另外，我还很喜欢那个木楼梯。我们去看的那个房子，是在二楼的。楼梯的一端，是我们生活的现实世界，充满着太多的烦恼和不开心。从那个楼梯走上去，却是另一个新奇美丽的世界——那是我的梦，是我多年来的一个华丽的梦。当它快向我展开的时候，我发现那个楼梯却突然消失了。我站在它的下面，一时百感交集。我知道，我可能永远都走不到楼上去了。你不知道，那个房子，对我来说意味着什么，它对我的重要性，恐怕只有你能相提并论。现在，在我的心中，这座房子，已经不存在了，就像你一样，从我的眼前彻底消失了。其实，你不知道，我最怕这样了，我宁愿从来没有过这种念想，也不想拥有这种痛苦的失落感。

我还记得，那天站在窗前，你从后面抱着我，说不久我们就可以搬进那个房子里住。你知道，那一瞬间，我的心里有多幸福吗？那一刻，我好像能看见我们的未来，只属于我们两个人的未来。可是，现在想想，这一切又是那么可笑。也许，我不应该这么想的，因为它真的曾经存在过。那天，从那里离开，你开车送我回家。那天晚上，我都没怎么睡好，老是在想那个房子，想我们两个人的将来，像是着了魔一般，翻来覆去，就是睡不着。你不知道，我从来没有过那个样子，那简直是一种疯狂，是你把我变成那样的。从那一刻开始，我的世界仿佛和你紧密地联系起来，我的生命似乎依附在你的身上。那是一种奇妙的感觉，只有置身其中的人才能够体会。那时，你给了我无限的希望，让我以为，你会是给我幸福的那个男人；让我以为，你和别的男人不一样。没想到，最后你还是给了我同样的伤害。曾经，多少个夜晚，我都在做那个梦。我知道，我的一生都要受它的惊扰，我离不开它了。

还记得，有一次，我和你吵架，为你掉了不少眼泪。不知道为什么，一遇到不开心或者难过的事，我就想哭。虽然，心里明明知道自己已经不是小孩子了，但是，就是很难改掉这个坏习惯。我知道，那天晚上是我不好，你很忙，没时间陪我，我却硬要你陪我看电影。其实，你不知道，女人都是这样的，想经常待在心爱的人身边。对于我来说，更是如此。我想让你陪我吃饭、看电影，我不想看不到你，这一点你明白吗？你既然说爱我，就应该多抽出一些时间陪陪我。女人是需要多陪陪的。可是，那天晚上，你不但没有陪我，还叫我走。其实，我知道那天晚上我有点无理取闹，可是，谁叫我在乎你，想和你在一起呢？

其实，那天晚上，你有非常重要的事情要解决，可是你当时又没有跟我说，我怎么知道呢？那是你第一次向我发那么大的火，我一时也没控制住自己，转身就离开了。想想，那是我第一次真正生你的气。那天晚上，我不停地哭，心情很低落。我很伤心，同时也感到很委屈。我只是想让你陪我看一场电影，仅此而已。没想到，你狠心地拒绝了；更让人无法接受的是，你连半句解释都没有。其实，你不知道，在我心里，并不是说对你的拒绝有多生气，我只是在意你没有向我解释。你知道，我等那一天等了很久了，你说过要陪我的，可是说话又不算数。现在想想，是我不好，我应该体谅你的。可是，女人一旦爱上一个男人就会变得不理智，有时还会感情用事。因为生你的气，接连几天，我都没有去找你。可是你不知道，那几天我一个人待在家里有多空虚、多无聊。我发现，和你失去联系后，我的生活简直空虚得可怕！那一瞬间，我才发现原来你已经变成了我生活的中心。

到第六天，我终于忍不住了，忍不住去找了你，并且我发现，到那一刻，我已不再生你的气了。那天中午，我们一起吃了西餐，下午又一块去看了电影。那天，我们玩得很开心，那些不开心的事似乎早就被我忘掉了。从电影院出来以后，你还陪我走回家。我们走走停停，走了大概一个半小时。你给我讲了你从前的爱情故事，那是你的初恋。现在，这一切想起来，都似乎变得模糊不清，好像是很久以前的事情似的。我知道，一切都会过去的，并且永远不再回来。现在，你彻底地离开我了，我知道我再也见不到你了。从前，和你手牵着手走在大街上，现在想想，都是一种幸福。就像那天，你牵着我的手慢慢地在街上走着。

记得那天从电影院出来，天空就开始下起小雪。不过，我一点都感觉不到冷，因为，你的手很大很温暖。现在想想，从前，你真的给了我太多的温暖，那种温暖，是我一直缺乏的。你不知道，这对我有多重要！你知道的，我一直都很喜欢看那种爱情片，但自从离开你之后，我就不再触碰这类电影了。因为，我害怕想起你，害怕想起曾经和你看过那种电影。曾经，看电影对我来说，是一件很幸福、很浪漫的事，但现在，却是一种不可触摸的伤痛。这一切，都是因为你，是你让我变成这个样子的！曾经，你真的带给我很多温暖。现在，你已经离开我了，那些温暖也慢慢地从我身上一点点消失。你知道，这对我来说意味着什么吗？意味着我又要一个人面对这冰冷的世界。对我来说，没有爱情的世界是如此寒冷，就算我穿再多衣服，也没有办法抵御这种寒冷。

从前，你在我身边，我的心里始终有一个你，孤独寂寞的时候就会想起你。正因为这样，而忽略了身边的一切，其他的一切对我来说不再重要。曾经，多少个夜晚，我坐在那里想着你。现在想想，那时我真的对你太痴情了，不然，怎么会做出那种事情？一想你就是几个小时，到很晚才上床睡觉。那个时候，你完全占据了我整个身心，除了想你，我真的不知道我还有什么别的事情可以做。现在想想，我怎么会是那个样子？也许，爱上一个人之后就会变得痴狂，变得不像自己。其实，我知道，刚开始你追我的时候，心里是有我的，那时，我能清楚地感觉到这一点。你抱着我的时候，我能感觉到你很在乎我，女人对这种事情是很敏感的。

还记得，那天晚上，我的心情很不好，喝了不少酒，一个人走在大街上。至于为什么心情不好，我已经记不清了，只记得那天晚上，我手里还拿着几朵玫瑰花。我一直很喜欢那种红玫瑰。不过，那几朵红玫瑰并不是你送的，而是我自己买的，自己买给自己，对自己好一点。走到十字路口，我刚想过马路的时候，你的车却意外地停在我身边。其实，你的车牌号，我那时已经看不大清了，只是记得你那熟悉的样子。你把我扶到你的车上，让我在后排座椅上躺下。那天晚上，别的事情我不记得了，只清楚地记得我一直在不停地骂你。从这里可以看出，我那天心情不好肯定跟你有关。不过，具体是什么事，我已经不记得了。

其实，你不知道，那天晚上，我的心里很难受，不仅仅是因为我喝了那么多酒。说实话，走在大街上的时候，我已经分不清东南西北了，要不是你及时出现，我肯定找不到回家的路。一路上，别的行人都不停地回头望我，她们的目光在我身上停留一会儿，又很快移开。从她们的目光中，我隐隐感觉，她们一定认为我是一个坏女人，不折不扣的坏女人。不过，我并不在意这一切，别人对我的看法并不能影响我的心情。那时，能影响我心情的人只有一个，那就是你。

你可以想象得到，当时你对我有多重要！

那天晚上，你送我回家，我站在大门口，紧紧地抱着你，不舍得你离开。不知道为什么，到现在我还记得那一幕。那一刻，我对你是那么不舍。正是由于这份不舍和依恋，我才没有让你走。我知道，那时在我的心里，其实是很爱你的。这份爱，是如此深。那一刻，那一瞬间，我忽然意识到这一点。现在想想，我曾经真的深爱过你，全心全意地爱过你。为什么我深爱的男人，到最后都会一个个离我而去？这一点，我至今也没能想明白。

说实话，我挺怀念和你在一起的那些幸福时刻。我知道，我这一生都是靠这些点滴的幸福支撑的，没有这些，我真不知道怎么活下去。因为，生活对我来说，大部分是痛苦的。我不知道怎么形容那种痛苦，我只知道自己每天活在那种痛苦中。从前，因为有你，那种痛苦确实减轻不少；现在，我好像又回到了过去，我知道我又要一个人生活了。此时，此刻，我觉得心里很难过。我知道，我只能独自承受；在离开你之后，我也只能选择独自承受。其实，我挺坚强的，如果不是这样，我不可能好好地活到现在。现在，你放心，我会好好活下去的，没有你在身边，我也要好好地活下去。

丽仪

4月6日

第十一封信

晓北：

还记得那天下午吗？你叫我在你和英雄之间选择一个。其实，直到现在，此刻，我都记得那一天。那天下午，在江边的码头上，我们待了整整三个小时。其实，说心里话，我不愿意因为我而伤害到你们之间的感情。对我来说，你们是如此重要。其实，在认识你之前，我就见过英雄了。这件事，我一直没有告诉你，因为，你从来没有问起过。一直到现在，我都还记得第一次见他时的情景。那天，他穿着一件灰色的吊带裤，上面是白衬衫、西装外套，有一张英俊冷酷的脸。其实，你们两个人，是我见过的最有味道的男人。曾经，我在心里不止一次问过自己，我喜欢的人到底是谁？其实，我知道，我内心更喜欢的人是他。我真的不想骗你，和你比起来，我确实喜欢他多一点。我知道，你真的对我很好。你知道我对去戏院看电影这件事有阴影，所以从来都没有叫我陪你去看电影，每次都是自己一个人去。可是，在感情面前，我不想欺骗自己。你是个好男人，你一定能够理解我的。其实，你错怪他了，他从来都没有想要和你争我，他只是不知道你喜欢的人是我。

第一次见他的时候，他正在丽华洋服试西装。那身西装是现成的，在那之前，我从来没有见过一个男人穿西装那么好看。当时，我站在他的身后，注视他有三分钟之久。要知道，我从来都没有这么长时间盯着一个男人看过。从镜子里，他也注意到了我的存在。那一瞬间，我感觉这个男人很不简单，从他的眼神里，我隐隐地感觉到这是个不寻常的男人。他回头看了我一眼，那是我和他第一次见面。自从那次之后，我很长时间都没有再见到他。后来，我才知道那段时间他离开了上海，去了南京。他在南京有一个妹妹，名字叫周丽娜，那时只有十八岁，是他在这个世上唯一的亲人。其实，他给我的感觉有时候有点冷冷的，对我爱理不理的，可是不知道为什么，我就是那么喜欢他，这种感觉很奇怪。那些对我百依百顺的男人，我却对他们如此冷淡。爱情就是这样，让人无法捉摸。

第一次和他见面以后，我以为我再也见不到他了。那个时候，我心里的感觉很复杂，搞不清楚自己怎么会对一个才见过一次面的男人动情。那时，我已经不再年轻了，照理说，不该那样的，可是这种事又有谁能说得清呢？那种激情与冲动，现在看起来依然显得突兀，一点都不像我自己。可能，是因为对爱情的痴迷和向往吧。除了这个原因，我真的不知道怎么解释。爱情，对我来说是生命中最重要的一部分，以前是，现在恐怕还是。

那时，我还不认识你，记得你跟我说过，那时你还在华晶戏院门口卖法国香水呢。虽然，我不认识你，你却经常在路上看到我。有一次，我还在你那里买过一瓶香水，三角形的粉色小瓶。不过，这些都是你告诉我的，我已经不记得了。华晶戏院门口的那条路叫长安路，是我回家必经的一条路。不过，我却不怎么记得你，因为我走路的时候一般只看路，不看人的。但是，我却一直记得那些香水味，仿佛一闭上眼，还能闻到那股味道，像空气一样弥漫在整条路上。那些劣质香水，年轻的时候我是不会去买的，现在却出奇地喜欢。人的变化可真大，你说呢？

现在，我真的和从前不一样了，不会刻意追求华丽的生活。生活能够继续，对我来说已经很不错了。不知道，我是从什么时候开始，变成这个样子的。虽然，现在我已经不年轻了，不过幸运的是，我的样子前后变化不是很大，或许到此刻还算得上漂亮。这一点，我也是从别人口中得知的。其实，这一点我是不怎么在乎的。我内心一直渴望得到爱情，别的其实真的不是很重要。对一个女人来说，还有什么比这个更重要的呢？可是我真的不知道，为什么自己一直得不到一份真正的爱情？这是我的梦，一个无法实现的梦——和心爱的人成个小家，吃着粗茶淡饭。我不想一直一个人生活，那实在太孤独、太可怕了。在见过英雄之后，我不知不觉地把那个梦想寄托在他的身上。我想，有一天，也许他能帮我实现那个梦。一直到现在，我都还记得他那时迷人而深沉的眼神。那种眼神，一个女人只要看一眼，就不会忘记。这一生，我见过那么多男人，可是没有几个能像他这样，让人看一眼就念念不忘。这是怎样的一种魅力啊！

我知道，现在在这个世界上，没有人能比你们对我更好了。但是，对于你，我更多的是感激。也许，我这样说，会伤你的心，可是，我必须向你坦白，否则就是欺骗。你对我那么好，我怎么可以欺骗你的感情？你对我的好，我一辈子都不会忘记。你曾经给我写的那些信，我至今还留在身边，这些东西对我来说很珍贵。虽然，我们不能在一起，但是你还是我生命中很重要的人。你的那些信写得太热情了，现在这个年代，已经很少有男人像你这样直白地表露感情了。这是你和别的男人不一样的地方——你是那么单纯、善良。其实，在我的心里，你真的很好，我相信，你一定会找到属于自己的那份爱情。

其实，宛心真的是个很好的女孩，你为什么不考虑一下她呢？她对你那么好，为什么你不给她一个机会呢？你不要在我身上浪费时间了，我不值得你那样做，她才是你最应该珍惜的人。你知道吗？有时候，她为了见你一面，就坐在你家大门口等，一等就是一个下午。其实，她很想给你打电话，但又怕你在忙，影响你的工作，所以，就那样等下去。那天傍晚，我去你家找你，正好遇见她。外面挺冷的，我让她坐在我的汽车里等。大约七点钟的时候，你才到家。其实，看到她的那一刻，你挺心疼她的，从你的眼神里，我感受到了这一点，你的眼神是骗不了人的。你知道那天有多冷吗？面对这样一个痴情的女人，你真的一点都不心动？她站在你的身边，抬头看你的时候，我知道，那一刻，那一瞬间，你还是有那么一点心动的。只是，在我的面前，你极力掩饰，你装作很平静的样子，可是你的眼神出卖了你。你也在乎她，只是你不敢承认，或者说，你还没有强烈地意识到这一点。在我看来，你是喜欢她的，只是因为你先认识了我，所以你觉得你喜欢的是我而不是她。其实，你只要冷静下来仔细地回想一下，你就会同意我的想法。

一直以来，你关心我、保护我，这似乎已经成为你的一种习惯。你以为，这就是所谓的爱情。其实，你错了，爱情不只这些，并且这些也不是爱情最重要的部分。你是在乎她的，只是你忽略了，但那份感情，是确实存在的，并且，这才是你真正的爱情。我是不会骗你的，你一直追求的根本不是爱情。爱情是发生在两个人之间的事，不是一厢情愿，不是说你对一个人好就是爱情了。其实，你的那种感受，我能理解的。那是一种酸楚卑微的感觉，因为得不到，这种感觉会变得越来越强烈。曾经，我也有过这种经历，所以我真的理解你。

记得那个时候，我每天心情都很不好，经常一个人站在大露台上喝酒，一杯接着一杯，直到喝醉为止。你知道那一刻，我的心里有多难过吗？你知道那一刻，我的心里想着什么吗？我的心里只是在想着一个男人，一个不爱我的男人。那时，我头痛得厉害，我多想有一个男人陪在我身边。可是在现实的世界里，那一刻只有我一个人孤单地站在那里，脚底下是喧闹的街道，车水马龙；但这一切，似乎又离我很远。现在，此刻，我闭上眼，好像还能看到那时的自己站在一个大露台上，背靠着栏杆，就那么一直站着。不过，想象中自己的样子，还是很美的，那个画面，不止一次地出现在我的眼前。

现在，我终于能和一个心爱的男人站在大露台上看风景了，因为英雄的出现，我不再感觉孤独了。孤独是一件可怕的事，这么多年我深深体会到了这一点。虽然，他不是天天待在我的身边，但是我的心里有他，可以时常地想着他，就不会再感到孤独了。其实，这一点，对我来说很重要，因为，我和别的女人不一样。我心里一定要时刻装着一个人，不然一定会感到空虚寂寞的，这一点我无法改变。有些女人不一定这样，她们更喜欢别的东西，比如香水、衣服、项链什么的。每个女人都不一样吧，对不对？

你知道的，英雄救过我好几次，是他让我明白，在这个世界上，有一个男人能为我付出一切，甚至包括自己的生命。其实，直到现在，此刻，我才清醒地意识到原来我在他的心里是如此重要。而从前，我只知道，他很爱我。也许，是我太糊涂了，我早该明白这些的。他把对我的爱，深深地藏在心底，让我以为，他没有那么在乎我；让我以为，他对我忽冷忽热的。其实，是我误会他了，他是很爱我的，他总是在我最危险的时候出现在我眼前。我知道，他曾经被女人伤害过，所以，现在对我，心里难免会有一点点防备。他不敢在我面前袒露对我的那份爱，他想暂时保留一些，给自己留一点退路。其实，现在，我真的可以了解他。要是放到从前，我真的会心存疑惑，会感到委屈。因为，我什么都给了他，他还对我这样子，对我遮遮掩掩的，我真的会伤心，我想知道，他对我到底是怎么想的。其实，有时候，他也会暴露内心隐藏的对我的那份爱。

记得，那天晚上，下着小雨。我心情很不好，喝了不少酒，那时那刻，我最想见的人就是英雄。于是，我叫了一辆车去他家里。那时，他还没有睡，他把我小心地扶到楼上，让我在床上躺下。那一夜，他根本没怎么睡觉，就那样在沙发上陪了我一夜。第二天早上醒来的时候，我看见他的眼睛闭上了。他睡着了，但是他的手还在轻轻地握着我的手。我知道，那天晚上我好像发烧了。我发现，他的眼角边残留着泪痕。原来，他是那么心疼我，那么爱我。那一刻，我终于发现他是如此爱我，只是一直在隐藏而已。那一刻，那一秒，我真的好后悔：我不该生他的气，觉得他不在乎我。是我错了，他从来也没有忽略过我，他的心里一直有我，只是我不知道。

那天早上，英雄还煮粥给我吃，那是他第一次给一个女人做饭，但是味道却是那么好。跟他相比，我真的太笨了，他会太多东西了，而我什么都不会。在这个世界上，像这样的好男人，本来就很少。那一刻，我感到无比的幸福。他说，他会一直对我好。那时我相信他说的话，他说的每一个字我都深信不疑。这样的幸福持续了一年，这一年恐怕是我这辈子最幸福的一段时间。我觉得，那个时候，离我内心的那个梦，已经很近了，眼看就要抵达了，好像只有一步之遥了。我的内心充满着激动和欣喜，另外还有一点紧张和不安。其实，那一刻，我也想到了你，我希望你能像我一样找到幸福。

我觉得，宛心真的很好，我希望你可以接受她。你知道她有多爱你吗？那种爱，恐怕连我自己都做不到——那样的委屈和隐忍。只有她，才会永远待在一个角落里等待着你的出现。没有你，生命对她来说，像是失去了意义。只有她，才会那么在乎你。我知道，有很多女人都很喜欢你，但是我敢说，没有一个女人能像她那样深爱你，并且这份爱，不会随时间的流逝而有丝毫的减少。你知道的，她是为了你才去小世界歌舞厅工作的，只是因为在那里可以经常看到你。她做的这一切，都是为了你，都是为了接近你。难道，到现在，你还不明白吗？她看你经常去小世界，就以为你喜欢那个地方，甚至以为你喜欢里面那样的女人，所以，她宁愿去那里上班，只是为了能够看到你，让你请她跳舞。她想靠近你，紧紧地靠近你，就像梦里那样靠近你，希望有一天你能够慢慢地喜欢上她。

你不知道，她的老板对她可凶了，可是她还是默默地忍受着。她不想离开那里，因为只有在那里，才可以经常看到你，而每当看到你的时候，她似乎就忘记了所有的疼痛和不开心。你知道，你对她有多重要吗？这些，我都是最近才知道的，以前她从来没有跟我说过这些事情。我不知道，她这么柔弱的一个女人，怎么能承受这么多痛苦。这一切，完全是因为你。是你，让她变得这么坚强；也是你，让她的内心变得如此强大。

其实，到小世界来的男人中，不乏有钱人，她是那么漂亮，自然被看中过。可是，她就是不愿意离开那个地方，她不想被约束，不想看不到你。也许，跟那些男人走，她会过上富足的生活，但是她宁愿放弃这种机会，宁愿继续过这种痛苦煎熬的生活。我想，现在，你终于明白了她曾经做的这一切，只是为了一个目标，只是为你一个人而已。你知道，她为你流过多少眼泪吗？那些眼泪，恐怕比有些女人一辈子流的眼泪都要多。这是一个值得你疼爱和保护的女人，希望你能够好好地珍惜。你知道，她这几年吃了多少苦、受了多少欺负吗？她本来不应该过这样的生活的，如果她愿意，她早就住进大别墅里了。她只是一味地把她的生活和你联系起来，哪怕是间接的联系。

也许，你会认为她太傻了，不过，你要知道，她是因为太爱你了，才会做这些傻事，才会一点都不为自己着想。她太了解你了，恐怕你都没有她那么了解你自己。她早已记住了你常去的几个地方，你的所有习惯，你喜欢和不喜欢的人。还有什么，是她不知道的呢？她这几年，说起来是活在你的世界里的，或者说，是活在你的阴影里的。你不知道，你带给她的是一种怎样沉重的阴影，虽然其中掺杂不少幸福的成分，但是大部分还是痛苦。这种无形的痛苦，不停地折磨着她。你不知道，她为你付出了多少，如果你能看到，你肯定会感动的，肯定会爱上她的。其实，我真的不知道你是怎么想的。我只是纳闷，这么好的一个女人，你怎么会不爱呢？现在，我有时候会想到过去，我曾经也像她那般痴情，虽然最后都没有结果，只有一个烟消雾散似的结局。但是，我还是希望你和她能有一个美满的结局。

她现在住在小世界对面的一条街道里，那间房子你曾经去过的，也许，你已经不记得了，可是以前你真的去过那里。有一次，你在小世界里喝醉了，是她把你扶到她家里的。你可能不记得这件事了，因为，对你来说，女人接近你是一件再平常不过的事，所以你不会放在心上的。可是，你知道这对于她来说，具有怎样的一种意义吗？在卧室里，你一把将她搂住，不停地亲她，把她的头发都弄乱了。其实，我知道的，你那晚并没有完全喝醉。你酒量那么好，我从来都没有见你真正喝醉过。你有一半是清醒的，也就是说你下意识里知道那天晚上发生了什么事。你是喜欢她的，这一点你骗得了别人，但是骗不了我。

那天晚上的事，她后来都跟我讲了。我知道，你是认真的，有很多女人对你投怀送抱，但是你从来都没有跟一个女人回过家。这一点，你就承认吧，就算你在我面前不承认，但是我希望你能在她面前坦白这份感情。她为你付出那么多，你不应该再隐瞒这一点。也许，你会嫌我管得太多，但是希望你能够明白，我说的每一句话都是为你好。有些人，在我们的世界里出现，只是暂时的，如果你不知道珍惜和挽留的话，她们最后就会消失得无影无踪，就像一个泡影，突然就没有了。现在，她对你来说就是如此，如果你真的喜欢她，就好好对她吧。

不知道，你记不记得你曾经送过一对蓝宝石耳环给她。那对耳环，她曾经拿给我看过，很漂亮，应该挺贵的。我知道，这种东西，对你来说，不算什么，再贵的首饰你都买得起。可是，你知道，这对耳环对她来说有多重要吗？因为，这是你唯一送给她的东西，除此之外，她再也没有从你那里得到过任何东西。这个为你付出一切，甚至用生命去爱你的女人，到现在为止，只从你那里得到过这样一件东西。难道，她为你付出了那么多，就不值得你去爱她吗？这对耳环，曾经带给她无穷的幸福，让她以为她终于真实地接近了你、靠近了你，仿佛一伸手就能摸到你的脸。但是，这对耳环，对她来说同时也是一个不小的负担，她害怕把它弄丢，更害怕它被坏人抢走。所以，她都不怎么敢戴。其实，我知道，她是害怕失去它。她从来都没有真正地拥有过你，所以它对她来说，是你和她唯一的联系，还有什么，能比它更重要呢？也许，你永远不会了解这一点，我甚至不知道怎么才能让你理解。

也许就是这对蓝宝石耳环的光泽，照亮了她对你的那份暗淡似乎没有希望的期待，她期待着你有一天能够来到她的身边，能够好好地爱她疼她一辈子。其实，她每天都在憧憬着这一刻，只是你都不知道。如果，你知道这些，知道她的全部，你一定会爱上她的。她对我说，她每天都会想你，一遍又一遍地想你。你不知道，这几年里，她花了多少时间在你身上，又为你做了多少傻事，所有的这些，让她不自觉地对你更加沉迷，甚至无法自拔。这种沉迷，让她变得消沉憔悴。这一切，都是你带给她的，要不是因为你，她不会变成这样。

其实，看到她这个样子，我挺心疼的，难道你就一点都不心疼吗？我不相信，真的不相信，你不是那样的人。有时候，我真的不知道，是什么原因，让你这么对她？她到底哪点不好，让你不能接受？我敢说，在这个世界上，再也找不出一个比她更爱你的女人了。她是这个世界上对你最好的女人，面对这样一个女人，你还有什么好犹豫的呢？别的女人，或许比她漂亮，比她有气质，但是没有一个能爱你爱得那么深，也没有一个能像她那样对你那么好。再者，外貌这种东西只是暂时的，再漂亮的女人也有衰老的一天。我知道，你看女人一向不止看她们的样子。如果你真的喜欢她，我希望你能主动找她谈一谈，把你的心里话告诉她。你不能一味地伤害她，她现在真的经不起你的伤害了。

丽仪

8月18日

第十二封信

晓北：

其实，我知道，你为什么很难接受和宛心的那份感情，那是因为，你还没有完全忘记如梦。曾经，你爱她爱得太深了，因此你如今不可能再像从前那样深爱一个女人了，即使是对我，我知道你也只是喜欢，只是因为我长得像她，你说是不是？可是，她已经离开你了，都一年了，不可能再回到你身边了，你为什么不给别人一点机会呢？你不能一直活在她的感情里，她已经离开你了，她和你的那份感情，从她离开你的那一秒钟起就不复存在了，你要清楚地意识到这一点。你还在等什么？还有什么，值得你这样苦苦地等待？你知不知道，你这个样子让人看了心疼。你为什么要这样沉沦，要这样折磨自己？你不该这样对自己的，你不知道你这样，宛心有多心疼、多难过！你折磨自己的时候，也在折磨着别人，你知道宛心为你流过多少眼泪吗？

其实，如梦现在给你的感觉只是一个幻觉，一个影子，你不应该再沉迷深陷于其中，她只属于你的过去。过去的就让它过去吧，你不要死死地抓住一个不真实的幻影，不肯放手；那是虚假的，不切实际的。从前，你在我身上好像看到了那个影子；如今，在宛心身上，你似乎同样看到了那个熟悉又陌生的影子。我不知道，那个影子还要萦绕你多久，才肯离去。其实，我真的不愿意看到你现在这个样子。你不知道，你的一点点改变，对别人有多重要，尤其是对宛心，意义更不一样。她爱你爱得真的不容易。因为你的心里老是装着另外一个女人，一个已经离你而去的女人。

前段时间，她有一个月没有见你。那是因为，她真的感觉太累了，她已经爱你爱得筋疲力尽了，她想暂时离开你，不见你。可是，你知道没有你，她那一个月是怎样度过的吗？那简直可以说是一种折磨，一种无形的折磨。她一心想着你，因此变得憔悴不堪。在那段时间里，她意识到她根本不能没有你，不能长时间看不到你。那一个月，对她来说，显得如此空虚寂寞。现在，你总该明白，你对她来说有多重要。有时候想想，其实她挺可怜的，因为她对你的那份爱，始终没有一个完美的结局。其实，她真的很好，一点都不贪心，她只是想和你在一起。你知道吗？她不见你的那一个月里消瘦了很多，看了很让人心疼。这一切，都是和你有关联的，所以你应该对她好一点。

现在，她又回到了你身边，那是因为她根本离不开你，也从来没想过要不理你，暂时离开你一个月，只是为了忘却曾经所受的那些疼痛，或者说，她想看看自己到底有多爱你。你不在她身边的时候，她才清楚地意识到自己有多爱你，有多想你。那段时间，她想了很多，可是想的每件事都和你有关，她把自己的将来也不知不觉地和你紧紧联系起来。想想，就是如此。在认识你之后，她把自己的一切直接或者间接地和你联系起来。这一点，我也和她一样。

自从认识英雄以后，我好像一直活在他的世界里。本来，我的世界是如此的狭小；现在，他出现在我的生命里，出现在我小小的世界里，我的世界仿佛一下子被放大，被无限地放大。他让我明白一件事，正因为他的出现，我感觉突然间变得很幸福。也许，你不是很了解这种感受；但是，宛心她肯定能够体会到这一点，因为你曾经也同样带给她这种感受。有时候，我会一个人躺在床上，抱着枕头，心里一直想着他。那一刻，我真的好想马上就见到他，虽然，那时候，我才认识他不久。其实，我那时的心态已经跟年轻的时候有点区别了。我一方面很想他，一方面也在心里提醒自己，对他不要太迷恋。其实，说到底，我还是怕和从前一样，到最后会受伤。

可是，感情这种事，是控制不住的，特别是在喜欢的人面前，再克制也是徒劳。我是被男人骗过的，所以刚开始，对英雄的感情还是有所保留的。可能因为太喜欢他了，所以这份保留显得不堪一击，他稍微对我好一点，我就举手投降了。我知道，我从来都不会在别人面前演戏，在喜欢的人面前，尤其如此。但是，我的思想毕竟比从前年轻的时候成熟不少。我有时候也会想，他对我是不是认真的，会不会想娶我？你知道的，一直以来，我离不开爱情，所以现在，面对它的时候，我格外谨慎小心。这一点，在二十岁左右的时候，我并未真正意识到它的重要性。但我已经不是从前那个单纯天真的小女孩了，现在，面对爱情的时候，我会考虑很多很多问题。

记得他有一个朋友，有一天遇到了一个很大的麻烦。他的那个朋友是个女的，名字叫顾香影，只有二十岁，年轻貌美。可以说，就是因为她，我最后才失去了这份爱情。刚开始，我并不知道，她一直在暗恋着他。你知道吗？她的出现，对我来说像是一场噩梦。她没有出现之前，我一直生活在幸福之中，那是我一生中最开心、最快乐的一段日子。他知道我喜欢吃糖炒栗子，就会跑很远的地方去给我买，买回来以后，还会一粒一粒剥好送到我的嘴边。那个时候，我感觉我真的太幸福了。那幸福的时刻，好像是连在一起似的，出现在我的生命里。他知道我喜欢喝红枣粥，每天晚上，都会给我带来一碗。

那段时间，他每天都来看我。那时，我有时会有一种错觉，我的世界好像只剩下我和他两个人。我感觉，时间在那一刻好像都凝滞了。那是一种幸福，突如其来久违的幸福。你知道，我有多喜欢喝那个红枣粥吗？它很甜，喝的时候，仿佛能闻到一股爱情的味道。这种味道，围绕我很久，有一年之久。有时候，我们会站在大露台上看星星。其实，一个人看星星挺孤单的，好像一个人在抬头看一片繁华，内心却是无限荒芜与落寞。两个人的感觉却不一样，那是一种浪漫，那些星星一闪一闪的，好像在点缀这种浪漫，给人一种温馨幸福的感觉。

还记得，有一次他约我到楼外楼饭店吃晚饭，我到了以后，发现里面一个人都没有，只有他坐在饭店中间的一张长桌子边。我感到很奇怪，因为这家饭店的生意一直是很好的，今天怎么没有客人呢？后来我才知道，那天是他把这家饭店包下来给我过生日。他不想别人影响我们，想单独和我在一起，又想给我一个惊喜，所以没有提前告诉我。这些，我还是很感动的。那顿饭，我们吃了很久，那是我生命中最浪漫、最幸福的时刻之一。他还送给我一件生日礼物，是一条手链，是他从老凤祥买的。其实，这条手链我去看过好几次，只是因为太贵，一直没舍得买。我不知道，他是怎么知道的。其实，我知道的，一直以来，他偷偷地为我做了很多事，有些事，我甚至到现在都不知道。他真的对我太好了，也许正是因为这样，我才会这么快地爱上他。

有时候，他还会偷偷地给我送花，他知道我喜欢那种红色的玫瑰花。那还是我们刚认识的时候，他会把一束玫瑰花悄悄地放在我家大门口，等我听到门铃，出来以后，他就立刻躲起来。刚开始的时候，我还以为是你送的，因为，你是个挺懂得浪漫的人，这种事不像他能做出来的。所以，说实话，一开始，我并不真正地了解他，我只看到了他的表面，没有看到他的内心。其实，他的内心是很温柔的，跟他的外表不一样。他也有体贴温柔的一面，他知道怎样去疼一个女人。你不知道，刚开始，就是因为我没有了解他这一点，因此对他误会很深，而正是这种误会，让我经常为他伤心流泪。现在想想，是我错了，没有深入地了解他。

不过，他真的和别的男人不一样，他总是刻意和别人保持距离，一般人很难靠近他；只有真正靠近他的人，才能走近他的内心。所以，他才给人一种难以接近的感觉。起初，我也有类似的感觉。我感觉，他有时候离我很近，有时候又离我很远，这种感觉，有点暧昧，让人捉摸不透。有一段时间，我真的感觉好累，那种累，不是身体累，而是心累。我真的不知道，怎么继续爱他。爱他，成了一种负担。因为，我不知道，他到底有多喜欢我；我也不知道，我在他的心里到底有多重要。很多事，我都不知道。因为，他很内向，他对我说的话很少，很多问题我都不知道答案；再就是，很多问题我问他，他也不肯回答。

我记得，他曾经跟我说过，他不怎么喜欢女人，甚至有点讨厌女人。那是因为，他小的时候，他妈妈就丢下他和他的爸爸，跟别的男人走了。这件事，给他不小的打击，像一片阴影，笼罩了他的一生。他长大以后，还被女人欺骗过，这就更加重了他的那份阴影。有很长一段时间，他不相信女人，也不相信爱情。其实，说实话，爱他挺不容易的，但是，我从来都没有后悔过，因为他真的很好，跟他在一起的时候真的很开心。我想尽一切办法，让他慢慢地接受我。现在想想，其实他从一开始就很喜欢我了，只是不肯承认。我感觉得到，他对我跟对别的女人到底有区别的。他其实很爱我，只是嘴巴不说而已。他做的那些事，明明都是为了我，偏偏不肯承认。其实，我知道，他的内心是很矛盾的：一方面，他很爱我，想对我好，想和我在一起；另一方面，又怕受到伤害，不敢爱我爱得太深。

还记得，有一天晚上，他来找我。那天，他是来找我帮忙的。其实，一直都是我在麻烦他，我一有什么事情就去找他，他很少来麻烦我的。所以，那天他来找我，我还是很开心的，说明他的心里有我。其实，那时我们才认识不久，但是，不瞒你说，我已经很喜欢他了。我让他陪我说话，其实，我就是舍不得让他走。你能理解我当时那种心情吗？想必你能够理解这一点。他似乎也意识到了这一点。我知道，在那一刻，他也舍不得离开我，但是，他真的很好，他没有提出要留下来的要求。他最后还是离开了。也许，他的心里并不想离开，就因为这样，我更喜欢他了。本来，我对他只是喜欢，在那一瞬间，这种喜欢一下子就变成了爱。在那一分钟内，我忽然意识到了这种微妙的变化。你不知道，如果当时他真的提出来不走了，我真的会答应他。也许，他也能感受到这一点。可是，他却没有那样做。这是很难得的，说明他是个好男人。

其实，一个女人在自己很喜欢的男人面前，抵抗力是很弱的，如果那个男人又对这个女人很好的话，那这种抵抗力可能一瞬间就会瓦解，变得不存在。说实话，在他的面前，我可能就是这个样子。每次他来找我，我的内心一瞬间就会变得不平静起来，像是回到十八九岁时候的感觉。那种感觉，现在想起来依旧显得奇特突兀。有时候，面对着他，我的眼睛都不知道该看哪里。那样子，很明显是有一点紧张的。那种时候，屋子里的气氛仿佛一下子变得不一样了。当然，这只是我内心的一种感觉，在他的心里，可能没有那么强烈的波动。

记得，有一段时间，不知道怎么回事，我感到一个人住很害怕。这种感觉来得很奇怪，因为以前，我从来都没有害怕过。晚上，仿佛能听到一些细微的声响，我不知道这些声音是从哪里传来的，我只是翻来覆去睡不着觉。其实，那一刻，我很想看到他，很想待在他身边，因为只要他在我身边，我就什么都不怕了。我知道，只要有他在，他就一定不会不管我。在这之后不久，他就让我搬到他家里住。从住进他家的那一刻起，我就再也没有害怕过，那种可怕的感觉似乎在瞬间消失了。他的别墅很大，但是我一个人待在里面时，却没有感觉到一丝害怕。因为，我感觉，他离我并不遥远。这里的房间，好像有他留下来的气息和味道。还有，房间里的东西，他曾经使用过的东西，对我来说都是那么熟悉、亲切。因为，我不止一次地来过这里，在我的潜意识里，我是属于这里的。其实，我高兴的是可以经常看到他。虽然，有时候，他回来得很晚，那时候我已经睡着了。但是，这样我已经很满足了。能待在喜欢的人身边，是一件幸福的事情，我不想一下子就靠近他。如果他真的爱我，他会慢慢地靠近我、接近我的。虽然，我心里很喜欢很喜欢他，但是，我也不能那样主动。

有时候，我发现他的房间里亮着灯，就会盯着他的那扇窗户看，想偷偷地看一看他在做什么。虽然，我明知道看不大清楚，但是，还是忍不住想去看一眼。我不知道自己为什么要那样做，可能是因为太喜欢他了，所以他的一举一动、一个眼神，对我来说都是如此重要。其实，那时，我可以直接去找他的，可是我不愿意那样做，因为，我怕打扰到他。能待在他身边，远远地看着他，我就已经很满足了。我对他没有太多的要求。其实，我知道，这样说是在骗自己。我那么喜欢他，怎么会不想接近他呢？说不想，那是骗人的，说到底，只是怕再次受伤害而已。人就是这么的矛盾，尤其是在面对感情的时候。不过，能和他待在一起，我真的感觉很幸福。那时，我希望时间能永远停留在那一刻，这样，我就可以永远待在他身边。不用等他来找我，也不用我在街边路灯底下等他，他和我挨得是如此近，好像一抬头就能看见他似的。我喜欢那种感觉，真的很喜欢那种感觉。

这么多年以后，我渐渐明白一个道理：爱情这种东西，可能就是越想拥有，越不容易得到。它会逃，越逃越远，慢慢地就消失不见了。这种事情，是急不来的，要慢慢地等待；是我的东西，最后终究会属于我的。所以，他的那份感情，我一点都不想急切地得到，我只是在默默地守候。想想，我的心态跟年轻的时候确实不一样了。年轻的时候，我会主动去争取爱情，以为不那样做，就会错过它；现在，我只会做一件事，那就是等待。有时候，我真的不知道，究竟还要等多久。我等的是一个男人，还是那个未曾实现的、一直苦苦追寻的梦？结局怎么样，没有谁能够知道。所以我只管这样走下去，哪怕最后弄得伤痕累累。其实，说实话，有些事情人根本无法控制。谁知道明天会怎样，那些天长地久一辈子，都是小说里才会有的事情，而现实总是残酷的，没有那么美好。而对我来说，错就错在把爱情这种东西想得过于美好，没有看到它不堪的另一面。

不过，不得不承认，刚认识他的那段时间，我真的沉浸在幸福之中，真的好开心，什么对我来说都不再重要，只要能和他在一起，其他的一切都显得微不足道。我一心想着他，我的世界好像都集中在他一个人身上。但是，那种狂热的喜爱，又和年轻时候有些区别，是顺其自然的，能得到最好，不能得到，也不会过分强求。当然，我内心一直还是在做年轻时候那个不曾实现的梦，还是想拥有一份爱情，并且，希望这份爱情能够是一辈子的，像小说里的那种爱情。虽然，我明知道那种爱情是不容易得到的，但还是想拥有。

还记得，有一次，我遇到危险，不知道还能不能再见到他。那时，我想到的都是他。想到第一次见到他时的情景，想到和他在一起的那些快乐时光，它们一幕幕地闪现在我的脑海。我怕得要命，怕再也见不到他。我的脑子里一团乱麻。后来，是他救了我，而且，他还因此受了很重的伤。他救我回到家的那天晚上，我的心终于平静下来。躺在床上的时候，我还感觉那像一场梦，只有在梦里，我的内心才会有那样的起伏和折磨。虽然说，我的内心从前是经过磨炼的，但是不得不承认，还是会有脆弱的时候。不过，那时我一点都不害怕，因为，那一刻，他就躺在我的身边。只要他在我身边，我就有无限的安全感。我知道，他对我很好，为我付出了很多，但与此同时，我不知道自己是不是给他带来很多痛苦和折磨。这是我不愿意看到的，我希望能带给他快乐。其实，在我的心里，爱情就应该是快乐的，至少它的大部分应该如此。从前，我真的是这么想的；现在，在我的心里，这种想法有点松动。我觉得，在爱情里，痛苦和快乐是各占一半的。这么多年以后，我才清楚地意识到这一点。过去，我把爱情想得过于美好，所以才会输得那么狼狈……

在顾香影出现之前，我的爱情一直处于快乐之中；她出现之后，很多事情好像都随之改变了。有些事情，刚开始我并不知道，我以为他们才认识不久。没想到，他们好几年前就认识了，那时候她才十七岁。不过，这个女人的确不简单，那么小的年纪，就懂很多东西。并且，她的家里很有钱。从前，他遇到麻烦的时候，她总是不遗余力地帮他；而且，她还救过他一次。其实我知道，在他的心里，对她是十分感激的。这些，都是我后来才知道的。其实，他或许也不知道，自己对她到底是一种什么样的感情。这跟你对我的感情差不多。他可能真的有点分不清楚：是接近爱情般的友情；是友情，但又像是爱情，反正很难区分开来。所以，最后，他对她的那种说不清的感情伤害了我，让我无法面对，让我产生一个又一个误会。他是很爱我，但是他同时又和她的关系很暧昧。他对她太好了，已经超过朋友的范围，但是，他自己又好像不知道似的，总之真的让我很难接受。

其实，她一直在暗恋着他，这件事情我也是后来才知道的。知道以后，我更加不放心他们两个人单独在一起，只要他们两个单独在一起，我的内心就会不舒服，仿佛在害怕什么。那段时间，只要他回来得晚，我就会睡不着觉，就那么一直在客厅里等着，心像是悬在半空中似的。那种感觉，很难受。那时，我好害怕，害怕他会突然从我身边消失，一刹那消失得无影无踪。那种感觉，真的很可怕。只有当他出现在我身边的时候，那种可怕的感觉才会消失。其实，我知道我真正害怕的是什么，是她把他从我的身边抢走。在她出现以前，我从来都没有过这种想法，但是在她出现之后，这种想法变得越来越强烈，就像真的会发生一样。我不知道，自己为什么会滋生这种想法。也许是因为不够自信吧，如果不是因为这样，那是因为什么呢？我不知道，真的不知道。

其实，不是我太敏感，一个人在那胡思乱想，而是有时候，一遇到她的事，他似乎就把我给忘记了——这是最让我伤心的地方。我的心里时时刻刻装着他，即使他不在我身边的时候，我也经常想着他。可是他，又是怎么对我的呢？我不理解他的遗忘，更不能理解他对除我之外的女人那么好，他难道不知道，这样我会嫉妒，会伤心吗？一个女人怎么能容忍自己爱的男人对别的女人这么好？那时，我不知道他是怎么想的，他那样做难道不怕我生气吗？这些问题，我至今没有全部弄明白。当时，我只是一再地隐忍，哪怕再委屈，我都不想离开他。因为，那时，我是那么爱他，我真的不想失去他。可是，那种隐忍又是怎样的委屈和折磨啊！也许，正是因为我那么纵容他们，最后才失去了他，失去了那份爱情。如果，我能心狠一点，我想结局也许不会是这样的。

记得那天，他当着我的面要开车送她回家，说她不舒服，头有一点晕。其实，那天我是很不高兴的，他为什么一定要坚持送她回去，可以给她叫一辆车，不一定要亲自送的；况且，那天晚上，他回来得很晚。那时，我的心里是有疑问的，但是又不敢当面问他，那样好像在怀疑他似的。我不想那样，其实在我的心里，我还是相信他的，我相信他不会做对不起我的事情。可是，不管怎么说，他就是对她太好了，甚至都没有考虑过我的感受。他送她离开的时候，回头看了我一眼，他一定没看出我眼神中流露出的那种无奈与失望。那一瞬间，我真的想哭，那是一种委屈和退让。我不知道怎么形容当时的心情，当时我真的很生气！同时，我又在担心着什么。总之，那种心情很复杂，难以表达。

他回来的时候，样子显得很疲惫，一看到他这样，我就心疼了，就不忍再生他的气了。他倒在床上就睡着了，我把他的皮鞋和外套脱掉。他可能太累了，一点感觉都没有。不过，闻得出，他喝过酒，好像是红酒。这点，他后来也跟我解释过：他送她回到家以后，她硬要拖着他陪她喝一点红酒，他没有办法，才陪她喝了几杯。那次，他只跟我讲了这些，其他还发生了什么，我就不知道了。也许没有什么吧，只是我想多了。其实，我不是不信任他，我知道，他是个好男人。我只是不放心她，因为看得出她很喜欢他，我怕她会主动勾引他。她是那么漂亮，男人在漂亮女人面前的抵抗力都不是那么强，尤其在喜欢自己的女人面前更是如此。

其实，我也不知道他到底喜不喜欢她，说实话，我看不清楚这一点。正因为看不清楚，我没有完全反对他们两个做朋友。因为他们认识那么久了，而且不得不承认，从前她对他真的很好。但是，不能因为这样，就让他们两个走得这么近。他们两个走得这么近，叫我怎么放心？可是，我又不能极力反对，万一他们两个根本不是我想的那样，根本没有什么，那我不是冤枉他们了吗？那时，我的心里挺矛盾的，不知道该怎么办，我不想失去他，但是我也不想他因为我而失去一个好朋友。他的朋友本来就很少，所以，他很在乎他的每一个朋友，我不能伤害他的朋友。

当初，他一个人来到这座城市。那时候，这里没有人认识他，她是他认识的第一个朋友。自从认识她之后，他就不再感到那么孤单了，因为她一直在他身边，这让他感到很温暖。她就住在离他家不远的一条街道上。不过，刚开始，她并没有告诉他，因为，那是有钱人住的地方，她不想让他感觉出那种差距与疏离。如果他知道这些，他可能会离开她的，而她不愿意从他的身边离开，在认识他之后，她就没有想过要离开他。这些，都是他曾经断断续续地告诉我的，当然其中也有一些是我的猜测。

刚开始，他还在电影院门口卖过香烟，一天赚不了几个钱，勉强够生活。那时候，她经常去那家电影院看电影，自然是留意过他的。有一次，她看完电影从电影院里出来，低头上车的时候，钱包不小心从大衣口袋里掉落在地上。当时，她并没有发现，而这一切，被站在墙边的他看在眼里。他跑过去捡起那个钱包，在车后面追了一段路，但是没有追上。他记得她的样子，想等下次见到她的时候，再把那个钱包还给她。两天以后，他果然等到她了，他把那个钱包物归原主。那一刻，她的心里是很感动的。在这之后，他们就成了朋友。其实，在这之前，她对他就有好感了，只是那个时候他们还不认识。

几天以后，她请他看电影，那是他第一次进电影院看电影。那时候，看电影对他来说，显得陌生又新奇，甚至可以说是一件可望而不可即的事情。那天晚上，他感到从未有过的激动和开心，坐在旁边的女人又是那么漂亮，还有什么比这更幸福的呢？那一刻，那一瞬间，他感到无比的幸福。可是这幸福似乎又是短暂的。等到电影结束，他们从电影院里走出来的时候，他忽然感觉自己又回到了现实。刚刚，他只不过做了一场梦，一场美丽的梦；现在，梦醒了，他又回到了残酷的现实。可是说是在做梦，又明明不是梦，因为她临走的时候，说过两天还会请他看电影。他知道这肯定不是梦，只是不大相信眼前发生的一切，这一切，显得不真实，像是一个幻影。这种事，又像是发生在别人身上似的。这种感觉，在他心里持续了很久。

其实，对她来说，那天也像是一场梦，因为，那是她第一次和一个男人看电影。从前，她都是一个人去电影院的，她不怎么给男人接近她的机会，但是对他却不一样，他恐怕是唯一可以轻易接近她的男人。在电影院里，他坐得离她如此的近，她的内心一瞬间有点担心，她担心她会喜欢上这个男人。她不想轻易喜欢上一个男人，因为她知道一旦喜欢上他，就会喜欢他一辈子。她是那种女人，很痴情、很专一的女人，所以，她不允许自己轻易对一个男人动心。可是，她不知道，这种事情是控制不住的，在喜欢的人面前更是如此。

其实，一开始我不知道她喜欢他，我是后来才知道的，我知道得太晚了。我曾经问过她，她说她不喜欢他，我天真地相信了，后来才知道她在骗我，她一直很喜欢他。她这一辈子，恐怕只会喜欢他一个人吧！除了他，她不会再喜欢别的男人了。其实，这一点，我是很相信的。有时候，不得不承认，她是一个好女人，但是不能因为这样，我就要把他让给她，你说是不是？我爱他，我对他的爱不会比她少，而且，我相信，他心里还是喜欢我多一点的。其实，自从她出现以后，我的内心便备受折磨。我也不想想那么多，我何尝不愿意就那么简单地一心一意去爱他，可是，我真的办不到，我没有办法说服自己。在她没有出现之前，我是那么快乐；而当她出现在他的身边，我的快乐似乎一下子就中断了。如果没有她，他一定会经常陪在我身边的。

记得从前，他经常陪我看日落。我们站在三楼的大露台上，他从身后抱着我。时间在那一刻似乎过得很缓慢。天空一点一点地变暗，直到完全黑下来，我们两个才回到房间。

那时，我好像忘记了从前所有的痛苦和不开心，有的只是幸福和快乐，真的是那样。但是，这点幸福随着她的出现似乎也走到头了。我不知道，事情怎么会变成这样。其实，我也不想一直活在猜疑和不信任中。我何尝不想相信他，相信他只爱我一个人，可是，我就是无法摆脱那种担心和疑虑。不是我想得太多，是他真的对她太好，让我不得不那么想，恐怕换个女人也会那样想吧。也许，他跟她之间真的没有什么吧？可是，说实话，我真的受不了他们之间的那种关系。我感觉好累，从未有过的疲惫。从前，我和他基本上不吵架的，可是，她出现之后，这一点就改变了。我们会为一点小事吵架，而这些事情，都是和她有关的。

在很久以后，我突然明白一件事，那就是她是不会让他从自己的视线中消失的。自从她喜欢上他以后，她就不愿意从他的身边离开了。意识到这一点后，我感到无比痛苦，不是我不信任与他的那份感情，只是真的感到很累。我不知道怎么去面对他们，怎么去面对这份感情。从前，我认为自己的下半生一定会和他联系在一起。那时候，我真的是那么想的，我想我会一直和他在一起。可是，她的出现，扰乱甚至可以说颠覆了我当初的那种美好想法，一瞬间让我明白，我的那种想法过于梦幻，不切实际。原来，有另外一个女人，同样在深深地爱着他，并且，那份爱，从爱上他的那一天起就不曾削减过。有时候，我真的不知道，自己该怎么办？难道，真的要我和她去争夺那份爱情吗？我不想那样，因为，我已经不年轻了，不可能再像从前那样为了爱情不顾一切。我内心一直是渴望爱情的，但是已经没那么多激情和冲动了。因此，如果真的不属于我，我也不会强求。

还记得，他带我去过他在郊区的一个名叫天水的码头，码头上面堆的全是他从全国各地进的货。那时候，他的生意已经做得很大了。但是，他似乎还是不满足。当然，不得不说，他的成功离不开她的帮助。其实，我了解他，他的内心对她是十分感激的，因为她总是在他最困难的时候伸出手帮他，这一点我心里清楚得很。其实，说心里话，我不是十分讨厌她。她是个好女人。我只是不想失去他，不想让她把他从我身边带走。你知道的，她什么都不缺，外貌、金钱，男人就更不用说了，我相信不管什么样的男人见到她都会喜欢上她的。而我简直不能和她比，那时，除了他，我什么都没有。其实，我一点都不恨她，因为，我理解她的那种感受，我曾经也像她那样爱过一个男人。

其实，一直以来，我都不怎么过问他生意上的事，而他跟我在一起的时候，也很少提及这些。我知道，这是因为他不想我卷入这些头疼的事情中来。其实，有时候，他还是很疼我的，我感觉得到。也许，正是因为这样，我一度感觉爱情就是这么简单快乐，好像没有一点烦恼似的。其实，我不该这么想的，但是我这个人就是这样，面对其他的事情很理性，一遇到感情方面的事就不行了。很久以后，我才知道，他对我和对她是不一样的，因为，他什么话都会跟她讲，包括生意上的事情。他好像怕我会受伤，不愿意让我知道很多事情。其实，我没有他想象的那么脆弱，我可以为他分担的，只是他不愿意跟我讲而已。有时候，我一个人坐在花园里，看着树上挂着的一只装有金丝雀的鸟笼。我会盯着那只鸟看很久，我感觉，它应该很孤单。那一瞬间，我感觉自己好像就是那只小鸟，衣食无忧，看上去活得很自在，但是，又似乎缺少了点什么。

其实，我一直知道，我内心想要的是什么。不是华丽的生活，我要的只是他，他的疼爱及陪伴。从前，有一段时间，我也曾得到过，但是自从她出现之后，我曾得到过的那些东西，慢慢地就从我身边消失了，好像不曾拥有过。有时候，他跟我在一起，低着头像是有什么心事。我问他，他也不说。那一瞬间，我发现我跟他之间是有一点距离的。也许，正是由于这点距离，让我一时感觉离他好远。我不知道，那个时候他到底在想些什么。慢慢地，我感觉这种距离越拉越大，这不是我愿意看到的，但这就是事实。很多事情是无法解释的，唯一能做的就是接受它。从前，我认为待在他给我营造的小小世界里，是一件幸福的事情。这里有别墅、小汽车，还有珠宝、旗袍等，这里有一个女人梦寐以求的东西。可是，就算得到这些又能怎样呢？我有时候还是会感到无限的孤独，因为它们代替不了他，它们不能开口和我说话，也不能陪我逛街买衣服。那一刻，我突然意识到，我要的不是这些，真的不是这些。这么多年了，其实我的内心知道自己真正想要的是什么，但是我好像从来都没有真正拥有过。

记得，有一天晚上，我特别累，一个人躺在长沙发上。他从外面回来，看到我憔悴不堪的样子，以为我生病了。其实，我只是很累，那两天没睡好而已。他把我抱到床上，又轻轻地帮我把高跟鞋脱掉。那一瞬间，我真的感觉他和别的男人不一样，他真的很好。这一点，直到现在，我都没有怀疑过。他小心地帮我盖上被子。那天晚上，我穿着件紫色中袖长裙，涂着红色的口红。我的脸色显得有点苍白。其实，我知道，看到我那样他挺心疼的，他的目光停留在我身上，眼睛里有些许强忍的泪水。那天晚上，他就坐在床边陪着我。我一直记得那个晚上，那个简单但让我记忆深刻的夜晚。想想，那个时候，他真的对我很好，就因为这样，即使我觉得再累，有他陪在我身边，我也感到十分幸福。因此，你可以想象得到，不到万不得已，我是不会离开他的。

那条紫色的裙子，是他给我买的，另外还有一条红宝石项链，是我那个时候最珍爱的东西。因为是他送的，所以显得格外贵重。还记得，有一次我和他吵架，我非常生气，把那条红宝石项链扔到楼下的小河里。那一刻，他呆立在那里。那是他送给我的第一件礼物，他知道我很喜欢那条项链。大概有一分钟之久，他才回过神来，明白是怎么一回事。我从来都没有看过他那种眼神，流露出深深的失望和无奈。那一瞬间，我感觉自己不应该那样做的。可是，他不知道，那一刻，我的内心也充满着无限的自责和后悔。有好几天，我都躲在房间里想这件事，我不知道自己当时为什么会那么生气，那么冲动。其实，那时，我真的很爱他，但是我不明白，我为什么会那么做？难道是一时没有控制住自己？我不知道，我很少生他气的。他说的话，我基本上都是听的。也许，这不是对他好，而是在不停地纵容他。我以为这样就是对他好，以为这样就是爱他，其实是我错了。我的一生，就是在一个个无知觉的错误中度过的。

也许，正是因为那条项链，我和他的感情才发生了微妙的变化，这种变化是往坏的方向发展的。曾经，我不是这么想的。我以为，是因为她的出现。现在，我却清楚地意识到这一点。我不知道我的推测对不对，也许是对的，也许是错的。有时候，一些东西丢掉，就再也找不回来了。就像那条项链，我知道对他来说意味着什么。可是，现在想想，这不是我的错，至少不是我一个人的错。在爱情里，有时候根本分不清到底是谁的错，就算最后分清了，也没有多大意义，因为结果已经注定。

记得，那天晚上，他把我叫到街上。他里面穿着一身双排扣西服，外面是一件长款皮衣。我看见他站在小世界的门口。那时候，天色已晚，街上已经没有什么行人了。我不知道，这么晚，他把我叫出来干什么。其实，那天晚上，他向我求婚了。他让人在城市上空放了很多烟火，火光一下子照亮了整个天空。那样的夜晚，真的很美。不知道为什么，那天晚上我还是拒绝了他。说实话，不是因为不爱他，而是在经历了这么多以后，我真的感觉很累。就算我答应他的求婚，那又能怎么样呢？他依旧不可能离开她，我相信他还是会像从前那样一直对她好。我不希望他是一时冲动才想娶我，才想和我在一起。我想告诉他，如果他能给我想要的幸福，那么我愿意和他在一起；如果他做不到，那我真的没有办法接受他的那份爱。我要的是一份完整的爱，在我的心里，爱我的男人只允许爱我一个人，只能对我一个人好。如果不是这样，那么我宁愿不要这份感情，因为我不想让自己后悔。

其实，那天晚上，我的心里很乱。照理讲，我应该接受他的，可是，那一刻，我真的不知道自己到底是怎么了。是什么在阻止我去接受他的感情？那不是一个女人梦寐以求的时刻吗？为什么我没有感觉到开心、激动、兴奋，而更多的是不安和犹豫？那一瞬间，我产生了一个强烈的念头，就是赶快离开那里，离开他。我只跟他说了声对不起，就头也不回地跑掉了。现在想想，要不是因为她的出现，我肯定会毫不犹豫地接受他。我一直是活在感情里的，当感情来临的时候，我突然选择逃避。其实，我内心恐怕是在害怕着什么。对于未来，我从来都是缺乏自信的。而从另一面说，我要的爱情过于完美，容不下一点缺憾。这样的爱情，在现实中又是极少的，所以，我这一生注定很难得到它。

那个时候，她对我来说就是一个无形的阻碍，我感觉我真的没有办法从她身边绕过去。我不能一直躲在他给我营造的童话世界里，终有一天我要从那里面走出来，要去面对这个现实世界，同时要面对她。可是那一刻，我发现我真的做不到，我不知道该怎么去面对她，怎么去面对他们两个之间的那种微妙关系。这些东西，都是我无法面对和容忍的。所以，最后我只能选择逃避和离开。其实，我不知道，他是否能理解我的这些想法。我想，他可能不够了解，我选择离开他真的是不得已，并不是我的本意。曾经，我真的努力过，努力去接受她，接受他们的那种关系，不过，最终我发现我真的做不到……

其实，我知道，当初他让我和他住在一起，是想时时刻刻保护我，不想我受到外面的一点点伤害。只要待在他给我设定的世界里，我就会绝对安全，因为在那里，有他的手下跟着我、保护我。可是，现在回头想想，他是给了我某种安全感，但同时也让我不知不觉地受伤了。这是他没有想到的。他没有想到，他和她在一起，就必定会伤害到我。其实，那个时候，已经没有什么人能真正伤害到我的心了，除了他，再也没有人可以让我那么伤心了。我把我能给的都给了他，可是最后他还是让我伤心，让我难过。我对他那么好，他怎么忍心让我这么伤心！

曾经，我以为他这一生只会爱我一个人，但是后来，我发现我错了。他或许真的是爱她的，可是他自己却不知道。有些事，还是外人看得比较清楚。在我的心里，我感觉他真的是喜欢她的。她生病那段时间，他看她的眼神都不一样：充满着怜爱和心疼。那种眼神，我能分辨的，是骗不了人的。曾经，我以为，我的下半生会一直和他在一起，因为那时我真的很爱很爱他；可是，当她出现的时候，我就隐隐有了一丝不祥的预感。因为，他看她的眼神跟看别的女人是不一样的。其实，我对他的爱并不比她的少。我和他之所以走到今天这个地步，说起来不是我们的感情出现了多大问题，只是因为我和他之间存在一个她，她把我和他之间的距离拉开了；与此同时，她在不断地接近他，似乎想要把他从我这里带走……

丽仪

8月28日

第十三封信

英雄：

不知道，你现在过得好不好？虽然现在我不在你身边了，但是我还是希望你能幸福。听说现在晓北和宛心在一起了，知道这件事让我很开心。因为，这让我看到了一份真正的爱情。我衷心地祝福他们，希望他们能够白头到老。直到现在，我才知道我真的错怪你了，并且错得太离谱。我对你误会得太深，深得连我自己都无法原谅自己。我以为，我看到的都是真的，其实，是我太笨了，才会以为那些事情都是真的。我没有相信那个我心中的你，所以最后才会失去你。我明白得太晚了，真的太晚了。曾经，你一次又一次地纵容我、包容我，是我不懂得珍惜。

还记得，那天晚上，我一声不响地离开了你，没有跟你说一句话，就离开了你。你派人到处去找我，可是就是找不到。我不该躲着你的，你一直对我那么好，我不该那样对你的。其实，你不知道，那时我一个人走在大街上，心里还是在想着你的，可是，我的心底同时深藏着太多的疲惫和无奈，以及很多难以言说的痛苦。要不是这样，我是不会走的，不会离开你的。你知道，那时我有多爱你吗？此时此刻，我真的好后悔。我不该那么任性，没有弄清楚事情的真相就离开你。曾经，我也想过去找你，去求你原谅我，去请你再给我一次机会，可是，我就是没有那个勇气再去找你。我知道，当初我太伤你的心了，即使这样，你甚至还在用生命保护着我。我真的好傻，你曾经是这个世界上对我最好的人，可是我却没有意识到。

记得，有一天晚上，我正躺在床上想事情。你从外面走进来，脱掉外套躺在我身边，叫我把眼睛闭上，又轻轻地抱着我。那一刻，我感到无比的幸福。其实，有一段时间，我让你抱着我睡觉，不是因为害怕，而是因为这样让我感觉离你是那么近，让我很有安全感。只要每天晚上你能抱着我睡觉，我就感到很满足了。我什么都不想要，只想和你在一起。本来，我以为我余生的每一天，每一小时，都会和你在一起，没想到，现在我还是从你的身边离开了。你不知道，离开你的这段时间，我是怎样度过的。没有你在我身边，我真的感到很不习惯。其实，那天晚上，我闭上眼睛以后没多久就睡着了，因为，你的怀抱是那么温暖。直到现在，此刻，我还记得那一晚。

记得，那天晚上，我一个字都没跟你说，就那么离开了你。走到街上的时候，天空开始飘起雪花，那一瞬间，我想起了你温暖的怀抱，我不知道在这之后还有没有机会让你抱着我睡觉。我不敢再想下去，再想下去的话，恐怕我的眼泪就要掉下来了。那天晚上，我是在一个小旅馆里度过的，想等天亮的时候，去附近租个房子。那个时候，我简直不知道该怎么办，好像又回到了从前，回到了自己一个人的时候。不过，没关系，我知道自己能撑得过去，没有你在我身边，我也可以生活下去。只是我的身边不再有你温暖的气息，那些温暖，在那寒冷的夜晚，好像在一点点散尽。其实，我知道，我最终还是要一个人面对这份寒冷。不过，我竟然没有感到一丝害怕，因为这么多年来，我一直是从这种寒冷中走过来的。只不过，那个时候，我很想你，不知道那时你是不是也在想我？

直到现在，我才知道，你一直在找我。你派你的手下到处去找我，几乎把整个上海翻了一遍。这些都是晓北跟我讲的。你找不到我，那是因为我在刻意躲着你。不是我不想见你，而是我不知道该怎么面对你和她。现在，我知道，我走了以后你并没有和她在一起。原来，一切并非我想象当中的那样。可是，我似乎知道得太晚了。我在离你家不远的一条街上租了房子，为的是还能看到你。其实，那时，我知道我对你是难以割舍的。即使在离开你之后，我的心还是在你身上徘徊。我知道，我放不下那份感情。可是，让我马上回去找你，我又做不到。这是一种矛盾，又是一种痛苦。

那个时候，我还是会看到你和顾香影并排走在大街上，只是，每当看到你们的时候，我就会快速地找个地方躲起来。她还是那么漂亮，只是你的样子显得很疲惫。那个时候，你一直在找我，每天都到很晚才睡。现在，我才意识到，从前你对我是那么好。为什么我到现在才明白这些？对不起，都是我不好，你为我做了那么多，我却什么都不知道！我是这个世界上最傻的女人，不知道你在背后为我做了这么多事。你知道我喜欢红玫瑰，每天晚上都会去花店给我买一束，放到我原先住的房间里。这一年里，你不曾间断过，我的房间里摆满了玫瑰花。那个时候，我躲你躲了很久。现在，我真的很后悔，很自责，我不应该那样对你的。你对我那么好，我怎么能那样对你？

记得，那个时候，我租的房子是临街的一个公寓，在七楼，我会经常站在房间门口，俯视脚底下的整座城市。那天晚上，我又一个人站在那里，思念着你。那种思念，是痛苦不堪的，因为此生也许再也不能与你相见了。也许，我已经伤透了你的心，可是，那个时候我真的好想你，好想立即见到你。你不知道，站在那里，我有多冷，但是，我就是不愿意离开。知道为什么吗？因为在那里，我可以隐约看到你的房子，你住的地方。那里，我曾经也住过；那里，融入了我太多的感情。曾经，那里就是我的整个世界，而那一刻我却只能远远地望着它。你不知道，一想到这我有多伤心、多难过。有时候，我感觉你离我并不遥远，因为，我可以看见你的房子亮着灯光。不过这灯光显得有点昏暗，毕竟隔的距离有点远。就在那一瞬间，我发现我真的彻底离开你了，看不到你，也无法听见你的声音，唯一能做的就是不断地回忆我们之间曾经发生的事。可是，越回忆，我的心就越痛，那些回忆，就像针一般刺痛我的心。那天晚上，我哭得好伤心。我以为我已经变得很坚强了，不会再流泪了，可是那一刻，我还是忍不住。是伤心，后悔，还是自责？我分不清楚我到底流的是什么样的泪水，只是任凭它们模糊了我的双眼。

还记得，那个时候，我经常做噩梦，从噩梦中惊醒。那一刻，我多么希望你能够陪在我身边，因为只要你陪在我身边，我就什么都不怕了。很多时候，我希望你会突然出现在我面前，好像我从来都没有离开过你，这一切不过是噩梦一场。其实，在离开你之后，我才发现我根本不能没有你，可是，我知道，我明白得太晚了，要是我能早意识到这些就好了。现在，说实话，我已经没有当初那么想你了。不是不爱了，而是想把你忘记，只有忘记你，才不会那么痛苦。可是，我发现要忘记一个曾经深爱过的人，真的很难。我尽量不去触碰那些和你有关的回忆，因为，一触碰到它们我就会痛苦，就会想你。我不愿意再想你，也不愿意再沉浸在痛苦之中。

那段时间，我很少出门，因为，我怕遇见你。其实，我知道，如果我再遇到你，我一定会听你的话跟你走的。我不知道，那样到底是不是我想要的，在没有想明白之前，我真的不想再见到你。现在，在这个世界上，只有你能轻易改变我的想法，哪怕只是一句话，一个眼神。从前是，现在恐怕也一样。所以，我害怕见到你，只要你出现在我面前，我的世界似乎一瞬间就变得不再像从前了。可是，在我心里，说实话又渴望与你相见。你知道，那个时候我有多矛盾、多痛苦吗？

记得，有一天傍晚，我和你在河边散步，你问我到底爱不爱你。不知道你还记不记得那一幕。我知道你为什么会这么问，因为，刚开始你让我搬过来和你一起住，我没有立即答应，你认为我不爱你，所以才会问那样的话。其实，那个时候，我对你还不是很了解，说心里话还是有一点担心害怕的，害怕被抛弃，被伤害，因为那种感觉，真的是太痛苦了。我只想找一个喜欢我又能一辈子对我好的男人，而你是那么优秀，身上每一处似乎都闪耀着光芒，喜欢你的女人远不止我一个，所以那时我没有回答你，不是因为不爱你，而是怕你不会真心实意地爱我。那一刻，你好像也看出了这一点，你对我说，你会让时间来证明你的真心，不管多久，你都愿意等。那一刻，我真的被你感动了，泪水止不住地流了下来。

可能是因为那天穿的衣服太单薄了，当天晚上，我就生病了，高烧持续不退，把你吓坏了。你整夜陪在我身边，紧紧地握着我的手。第二天早上，我的高烧终于退下去了。我睁开眼睛，第一个看到的就是你，你趴在床边睡着了。那一瞬间，我发现你就是我要找的那个男人。你是我的梦，我一直未曾拥有的梦。现在，梦醒了，我发现一切都是虚幻的、暂时的。虽然，现在，从我这里还能看见你的房子，却已是咫尺天涯。那天早上，我注视着你的脸。熟睡中的你是如此英俊，我似乎在哪里见过，有一种似曾相识的感觉。可是，那个时候，我真的不知道你会爱我多久，不过那种时候，我也管不了那么多了，因为曾经跟你在一起的时候真的很幸福。

你醒来的时候，又摸了摸我的额头。其实，现在想想，那个时候你对我真的很好，也许正因如此，才让我爱你爱得那么深，那么疯狂。也许，正是因为这份疯狂，才让我直到此时此刻还如此难过。有时候，我告诉自己，不要再为你伤心难过了，可就是控制不住自己的感情。我让你抱我一会儿——那个时候，我什么都不想做，就想让你抱着我。你抱着我的时候，我感到很幸福，连自己生病的事似乎都忘了。你不知道，那个时候我对你有多迷恋，连我自己都无法相信。你抱了我一会儿就松开了，其实你舍不得，但为了让我好好休息，不得不如此。

还记得，那天晚上，你陪我到山上看星星。那座山不高，我们没走多久就到山顶了。在那里看天上，星星似乎特别明亮，并且真的很美，像一粒一粒的宝石铺满整个天空。那样的夜晚，好像只属于我们两个似的。我坐在你的身边，身上披着你的外套。那天晚上，我们讲了很多话，那些话，直到现在我都没有忘记。不知道，你还记不记得？也许已经忘了吧？没关系，我不怪你，都那么久了，你忘了也很正常，只要你没有把我忘掉就可以了。可是，对我来说，那些话恐怕一辈子都无法忘记。

那天晚上，我们在山上待了五个小时。直到此时此刻，我依旧清晰地记得那五个小时。你的样子，你的眼神，到现在还印在我的脑海里。还有你的笑容，单纯，而又干净。你知道吗？其实有时候你就像个孩子，很难想象，你曾经经历过那么多事。你的笑容是最让我着迷的，曾经温暖过我的心。现在，我恐怕再也不能看你对我笑了，想想都很难过。其实，那天晚上挺冷的，不过，有你在我身边，看到你的笑容，我就再也感觉不到一丝寒冷了。现在想想，要是时间能永远停留在那一刻就好了，因为那天晚上我真的很开心。记得，从山上下来的时候，我不小心把脚扭了，你就背着我，一步一步朝山下走。我们走得很慢，走走停停。那个夜晚，一直停留在我的记忆深处，不曾离开过，就像你一样。现在，你恐怕再也不能陪我一起看星星了。那天晚上的星星真的好美，至今还闪耀在我的记忆里。

还记得，那段时间，我躲了你很久，现在想想，我真的不知道那个时候自己到底是怎么了，为什么会做出那么傻的事，为什么没有意识到你对我是那么好！你甚至在这个城市的每个角落贴出了寻人启事，可还是没有找到我，因为我不怎么出门，就算出门也会戴帽子。有好几次，我都远远地看到你了，你依然是那么英俊高大，但是又让我感到有那么一点陌生。那时，我明白我们可能再也回不到从前了，就算我立刻出现在你面前，立刻跟你走，我们也不能像从前那么相爱了。有些事情就是这样，过去了就是过去了，无法回头。那时，想到这里，我感到很痛苦，眼泪都快要流下来了。

从前，我无数次想象和你见面时的情景，可是真正见到你的那一刻，我真的感到你有点陌生。我不知道自己为什么会有这种奇怪的感觉，但是事实就是如此。难道是我对你的爱发生了变化，我不像从前那么爱你了？我不知道自己到底怎么了，反正觉得有些东西变了，但又不知道到底是什么东西。从前，我是那么渴望与你相见，可是当真正看到你的时候，心底却没有想象中那么激动。因为，你的身边，还有她。看到她的时候，我对你的那些渴望和激动在一瞬间冷却不少。我不知道为什么会这样，也许，是我对她一直有误会和偏见吧。

其实，说心里话，顾香影人挺好的，可是一见到她我心里就会不舒服，因为我不喜欢你和她在一起。你们在一起，会让我不放心，我会有一种危机感，我甚至感觉我不如她，你和她在一起看起来更般配。从前，你经常劝我不要那么想，可是我就是做不到，也许正因为如此，我才会选择离开你。你能了解我的那种矛盾、那种卑微以及难以言说的痛苦吗？也许，你不能完全体会我的苦衷，要不然我想我是不会离开你的。我那么爱你，怎么舍得轻易离开呢？曾经，你就是我的世界，我的整个世界；现在，我又一个人孤零零地生活了。没有了你，我真的不知道怎样才能快乐地生活下去，因为，从前我的那些快乐都是你带给我的，都是和你有关的。现在，失去了你，那些快乐也随之离开了。你能了解那种失落，那种孤独感吗？

记得曾经有一段时间，我想立即和你结婚，哪怕我不能确定你会一辈子只爱我一个人，只对我一个人好。因为，那是我的梦，我想让这个梦变成现实。如果不这样的话，我将会继续过那种煎熬、受折磨的生活。可是，那个时候，我们才认识不久，我怕你会拒绝我，所以没敢跟你说。其实，我一直过的是那种漂泊不定、无所依靠的生活，即便一段时间得到依靠，也是短暂的，最后还是会失去。我已经过够那样的生活了，所以，我想抓住一个男人，一个可以给我依靠的男人。可是，那时，我还不太了解你，不知道你心里是怎么想的。等到你向我求婚的那一刻，我彻底知道了你内心的想法，却又犹豫了，错过了一次把梦想变成现实的机会。现在，我恐怕再也没有那样的机会了。我终于明白一件事，那就是有些事，你只有一次选择机会，错过了就再也没有机会重新选择。其实，我知道，是我不好，我辜负了你对我的那份爱。我一直在误会你，可是你还是对我那么好，还在不停地找我。你那么优秀，那么光芒万丈，应该找一个比我更好的女人。

还记得，有一次，你为我受了很重的伤，昏迷了三天三夜。那三天，我寸步不离地守在你身边，好怕你再也醒不过来，就那样离开我，如果你真的为我而死，那我真的无法原谅自己。深深的恐惧中，我唯一能做的事就是等待。我低下头深深地吻了你一下。那是我第一次主动亲你。那一瞬间，我发现自己真的好爱你，好害怕你会就那样离开我。我紧紧地握着你的手，以为那样你就会感觉到我的存在，然后慢慢地醒过来。只要你醒过来，让我做什么我都愿意。第三天夜里，你终于醒过来了。现在想想，那个时候我们都不曾离开彼此，现在怎么会变成这样的呢？到底是什么让我选择离开你？也许原因只有一个，就是她。她的出现，对我来说就是一场噩梦。现在，我住的地方离你并不遥远，我似乎还能感觉到你的存在。但是，又能怎么样呢？你已经不属于我了。

记得有一次，你惹我生气了。第二天早上，你看我还在生气，就偷偷地去街上给我买我最爱吃的小笼包。你总是记得我喜欢什么、讨厌什么，这一点，让我很感动。看到你把小笼包放在我面前，我就没有办法再生你的气了。从前，我还经常和你去街上吃小馄饨，就是街尾的那家老王馄饨店。现在，这家店好像关掉了，想想我还有点心酸，因为有些事在我们不经意间就改变了。现在，我再也不能和你去街上吃小馄饨了，想想都难过。

我总是记着那些和你有关的细小的事情，因为和你有关，所以哪怕细小，也是异常重要的。其实，我不想一再地回忆那些事情，因为，这会让我难过，让我流泪；但是，我又控制不住自己，我没有办法不想你。如果我有一点点办法，我也不会把自己弄得这么伤心，这么狼狈。我知道，这一次我是真的陷进去了，到现在都没有走出来。或许，这只是我一个人的错，与你无关，是我不小心闯入了你的世界。你的世界是那么美，但同时也像一个深不见底的陷阱，我一不小心就掉到里面去了，想爬出来都不可能。曾经，你就是我的一切；现在，我又一个人孤独地生活着。离开你之后，我似乎变得比从前更坚强了，因为，只有这样，我才能独自好好地活下去。我知道，再也没有什么能够伤害到我，我的内心已经足够强大，能够面对一切。

还记得，那天晚上，你开车送我回家。那天，我喝了不少酒；那天，我第一次吃她的醋。其实，我也不是那么小气的人，可是就是见不得你对她那么好。那天下午，有一个老男人当着你的面对她动手动脚，于是你们起了冲突。其实，你并不知道，你对她的感情是不一样的，因为那时，你的眼神变得和平时完全不一样，充满了愤怒、怜惜。愤怒是针对那个男人的，而怜惜是对她的。直到现在，一想到这里，我都会忍不住地妒忌。那个时候，我真的以为你太在乎她了，甚至超越了我。那种怜惜，说到底就是一种无形的爱，虽然你不会承认，但外人看来就是如此。其实，不管你承不承认，你都不愿意看到她受一点点伤害，你想尽你的力量去保护她，所以，在那一瞬间，你才会那么激动，那么不理智。一遇到她的事情，你似乎一下子就会变得不理智，这一点，你想过是为什么吗？如果你曾经想过，那么你就会想通很多事情。你用那种眼神看她，我真的受不了！那种眼神隐藏着太多的温存和怜爱，甚至能融化一个女人的心。你说，我怎么能容忍？不是我自私，也不是我不讲理，而是爱情本身就是自私的，不允许你那样做。

现在，我已经离开你了，可是让我没想到的是，你们竟然没有在一起。说实话，这是我想不通的地方。我以为，你们会很快走到一起。我想，是不是我错了，是不是我误会你们了？虽然，到现在我还没有完全弄清楚这些事情，但是，曾经你对她那么好，却是不争的事实。正因为这样，我才有那么多疑虑，无法判断你内心真正的想法。曾经，我真的很信任你，你说的每一句话我都相信。可是，当她出现的时候，这点似乎也改变了。现在想想，那时你真的和她走得太近了，如果你能和她保持那么一点点距离，我想我们可能就不会分开，你说呢？

其实，现在想想，当初我不应该离开你，而是应该让你在我和她之间选择一个。可是我做不到，因为那样无疑会让你为难，让你痛苦。我那么爱你，不愿意看到你那个样子，所以，我宁愿独自默默离开。不是我要把你让给她，是你的态度不够明确，始终徘徊在我和她之间，这是我最伤心、最痛苦的地方。你知道，你这样对我们两个都不公平吗？你在同时伤害两个女人，这一点你想过没有？说到底，你只能拥有一个女人，只能对一个女人好，你不可能同时拥有两份爱情。再者，你要搞清楚你对她到底是一种怎样的感情？也许，这些事情你至今都没有完全弄明白。不是说你多情，见一个喜欢一个；而是说，你对她可能是一种爱慕。我不能肯定你到底喜不喜欢她，这种事情，恐怕只有你自己知道。只是有一点，你没有发现，那就是你的感情，一落到她的身上，好像一瞬间就起了变化，变得温柔，又带着一些甜蜜。也许，你不是在刻意营造这种感觉，但是在我的眼中就是如此。其实，这已经是爱情了，也许还没有到很深的地步，但还是让我察觉到了。那种爱情，又是细小的，轻薄的，不容易发现的，要不是我长久地观察，我也不敢确定。就是你自己，可能也没有完全看清楚这一点。

现在，你或许明白了从前我对你是怎样的一种痴迷和爱恋，就是到此时此刻，这种迷恋恐怕依然没有消除。其实，她对你也是如此迷恋，要不然也不会心甘情愿地为你做那么多事。可是，她对你的那种迷恋又和我不一样，她对你是越来越迷恋，终于到了难以抑制的地步。我承认我对你也很迷恋，但是这种迷恋是很理性的，因为我曾经受过伤，所以不得不保持理智，只有这样，在离开你之后，我才不会像从前那样痛苦。那种痛苦，真的是太可怕了，我不想再一次经受。从前，为了爱情，我可以不顾一切，现在，好像做不到了。

曾经，我们遇到过好几次危险，可是都被你解决了。现在想想，从前你把我保护得太好了，我的世界好像被你一层层地包裹起来，我躲在里面，不会受到一点伤害。要说受到什么伤害，那也是你受到伤害，因为你不止一次救过我，不止一次为我受伤。其实，我知道，你对我真的很好，至今我都对你心存感激。我离开你，并不是因为你不好，而是因为心太累了，我想换一个环境，换一种生活。也许，你会觉得躲在你给我营造的世界里是一种幸福，因为那里面什么都有，并且很安全。这些，我承认，但是这不是我想要的。你知道我想要什么样的生活吗？

我知道，你一直在保护我，不让我受到一点点伤害。可是，你给不了我想要的，因为，你的内心隐藏着一个人，那就是她。我对你来说很重要，但她对你来说也是如此，甚至要超过我。既然你给不了我全部，那就不应该让我爱上你，这样，只会让我感到痛苦！曾经我尝过这种痛苦，知道这种痛苦的可怕。我知道，你曾经真心真意地爱过我，那段时间，我真的感到无比的幸福。虽然，最后还是分离，但是，我真的不后悔，因为从前我也一样真心爱过你。曾经有一段时间，我以为这会是我这一生最后一段爱情，你会是我最后一个男人。可是，没想到，我们之间会是这样的结局……

丽仪

5月17日

第十四封信

英雄：

你知道，你在我心里有多好吗？其实，从第一次见到你的时候，我就开始喜欢你了，我甚至觉得我们大概前世就已经认识了，只不过要到今生才能走到一起。在丽仪从你身边离开之后，我更确信这一点。为什么到现在你还是不肯接受我，即使她已经离开了你？你一直对我那么好，我一度认为你是爱我的。这么久以来，我对你怎么样，你心里应该清楚。我对你的爱，不会比别的女人少，在这个世界上，没有人比我更了解你了，我比别的女人更懂你，也更适合你。如果说，你不是真的爱我，那为什么要对我那么好？现在，她已经离开你了，不会再回到你身边了，你为什么还在到处找她？为什么到现在还不给我一个机会，一个爱你的机会？曾经，我以为是因为她的存在，我们才无法在一起；现在，她都不在你身边了，你为什么依然不选择跟我在一起？

其实，从十七岁的时候开始，我的世界就和你联系起来，到现在都不曾中断过。你不知道，我对你有多迷恋，那种迷恋，已经到了你无法想象的地步。也许，你可以试着去想象，但是你只能想象到它的一部分，你永远无法看到它的全部。你知道吗？我一直在等你，等你来爱我。我知道，你不是不喜欢我，只是没有到爱的那种程度。也许，你爱的人是她吧，不过，没关系，我相信，你终会爱上我，会来到我的身边。因为，现在，你的内心还是不清楚自己爱的到底是谁，总有一天，你会发现你真正爱的人是我，不是她。从十七岁的时候开始，我的人生都是和你息息相关的。我不知道自己为什么会对你那么痴情，那么执着，我想理由大概只有一个，那就是你真的很好，值得我为你倾注一切。现在，我不奢求你马上就和我在一起，我可以等你，继续像从前那样等你。因为，对我来说，能经常看到你，就已经很满足了。

记得，那天晚上，我的心情很不好。你陪我一起去散步，我知道，你不放心我一个人。我坐在一边，你坐在另一边，中间是一堆熊熊燃起的柴火。那个时候，我想起了妈妈。小时候，妈妈对我最好了，可是，她却早早地离开了我，留给我唯一的东西，就是我曾经送给你的那把小刀，背面刻着我的名字。其实，这件东西对我来说很重要，要不是你是我最爱的男人，我是不愿意把它送给你的。自从妈妈去世之后，爸爸就突然失踪了，我找了好多地方，都没有发现他的踪迹。那天晚上，火光在你脸上一闪一闪的，我看到你正在看我。那个时候，我真的很想哭，可是你突然走到我面前，把我搂在怀里。那是你第一次抱我。你在我肩上轻轻地拍了一下，叫我不要难过。其实，那一刻，我真的想对你说，我好爱你，我们在一起，好吗？可是看着你的眼睛，不知道为什么，我一句话都说不出来。我知道，我没有那个勇气，对你说出那样的话。现在，说实话，我真的后悔了。当初我如果说了，现在你爱的人也许就是我。

可是，那天晚上，刚开始我是很难过，后来就变得不一样了。有你在我身边，我感觉这个世界瞬间变得特别美好，伤心难过的事情好像暂时被遗忘了。我紧紧地抱着你，不想从你怀里离开，你好像也对我很迁就，抱了我很久才放开。你那样做，是觉得亏欠了我，还是感激我，抑或是对我有那么一点点动心？其实，直到现在我都没有完全想明白。我知道，有时候，你会不经意地对我有那么一点点动心，但是，往往又很短暂，还没有完全爆发，就被你的理智给压制住了。你对女人就是如此，对丽仪可能稍微好一点。你对女人的那股热情，恐怕都不能长久，燃烧一段时间就熄灭了。其实，我是不计较这些的，只要能和你在一起，其他的一切就变得不再重要。哪怕你的心里还有她，我想我都不会介意的。我对你的爱是那么深，似乎能包容一切。现在想想，这份爱似乎很可怕，让人变得如此卑微，什么自尊、羞耻、道德，好像都失去了意义。你可以想象，爱情会让一个女人变成什么样子！而这个世界上，恐怕只有你才能让我变成这个样子。现在，我都快不认识自己了，原先那个单纯的小女孩已经不见了。

记得从前，有个男人很喜欢我，整天缠着我，我到哪里，他就跟我去哪里。他是我最讨厌的那种男人，可是又好像没有办法摆脱。那段时间，还好有你，不然我真的不知道怎么办。他好像知道我喜欢你，于是总故意找你麻烦，终于有一天，你们打了起来。不过，你的身手很好，他被你打得落花流水，仓皇而去，一边跑一边捂着伤口。你也受伤了，胳膊被他划了一道口子。你是因为我才受的伤，你知道，那个时候我有多感动多心疼吗？从那一刻起，我就在心里告诉自己：我这辈子只会爱你一个人，我想一辈子和你在一起，说什么都不分开。他是永远都不会得到我的，因为我的心早就属于你了，别的男人对我来说，只是生命中的过客，是无法和你相提并论的。曾经，他一再地逼我，让我从你身边离开，但他不明白，这是不可能的，因为从认识你的那天起，我就不打算再和你分开。我对你的爱，不曾有过一丝一毫的动摇。他无法改变这一点，没有一个男人能改变这一点。我离不开你，生要和你在一起，死也要和你死在一起。所以，他再怎么说怎么做，都无法拆散我们。那段时间，他像个恶魔一般缠着我，幸好有你一直陪在我身边，现在想起来，我依然觉得很幸福。那天过后，那个男人就再也没有出现在我的面前。

现在想想，你真的对我太好了，假如没有你，没有你在我身边保护着我，我都不知道后来会怎么样。我知道，要是没有她，你一定会选择和我在一起的。不过，我真的不怪你。对你，我一直只有爱，不曾有过一点点埋怨和恨意。说实话，她真的很好，恐怕只有这样，才值得你去爱。曾经有一段时间，我对她是抱有怨恨的，因为，是她把我们两个之间的距离拉开了，让我离你的世界越来越远，让我不能像从前那样近距离地接触你。不过，现在，我已经不恨她了。你那么优秀，才会让女人那么容易就喜欢上你。你是天上最亮最闪的那颗星星，闪闪发光，让人沉迷。要不是因为这样，我怎么会对你如此喜欢、如此沉迷呢？

还记得一起散步的那天晚上，当着你的面，我许下了一个愿望。你问我许下的是什么愿望，我没有告诉你，只是跟你说这个是不能说的，说出来就不灵了。其实我是不好意思跟你说，我想一辈子守在你的身边，想一辈子和你在一起。曾经，我偷偷地许下好几个愿望，都是和你有关的。说心里话，我最大的愿望就是和你在一起。当时，你看着我的眼睛，说我的愿望一定会实现。你不知道，那时我有多相信这一点，可是，为什么到现在为止，我的愿望还是不曾变为现实呢？这是让我伤心的地方，多少个夜晚我都睡不着觉！也许，是我太天真了，愿望有时候就像梦想一样，离我们太远，不是一伸手就能抓住的。曾经，我以为自己抓住了你，结果是我错了。我可能永远抓不住你，因为我们之间始终有一段距离，有一段我无法跨越的距离。但是，我依然相信终有一天，挡在我们之间的这段无形的距离会逐渐缩短消失，一切只是时间问题。我不知道自己哪来的信心，是不是经历了太多的失望以后，才有可能重新燃起希望？如果真是这样的话，我还是愿意等待的。

我知道，从前有一个女人也像我这样等过你，等了你足足两年，后来，她不再等，选择了放弃。至于原因，也许是她想通了，也许是不再那么爱你了。这一点，恐怕连你都不清楚。我也等了你很久，但是从来都没有想过放弃。你知道为什么吗？因为，我不在乎结局，哪怕等不到我想要的结果，我也心甘情愿。谁叫我爱你呢？爱一个人就要付出代价。也许，你会觉得我傻，可是如果爱一个人也叫傻的话，那我情愿为你傻一辈子。

你知道吗？从认识你的第一天起，我就注定不再清醒了。这么多年以来，我想要的不是别的，只是你而已。你是我生命中最重要的人，我真的不愿意把你让给别的女人。如果你真的从我身边离开了，那我会不放心，因为你有时候就像个孩子，不会照顾自己，而除了我，恐怕不会再有一个女人能对你那么好了。只有我，才知道你的内心真正需要什么。你表面上什么都有，但其实内心深处隐藏着太多的孤独和寒冷，那是别人看不到的。这种寒冷又和冬天的那种寒冷不一样，只有真正靠近你的人才能够体会。这些东西，你是不会轻易和别人说的，那是你内心真正阴暗潮湿的一小块地方，你不想让别人对你有哪怕一点点同情，因为，这对你毫无帮助。从某种程度上来说，你是在逃避你的内心，你不敢正视它，更不敢和它抗争。其实，刚开始，我对你也没有那么了解。你总是小心地把自己的内心一层一层包裹起来，让别人无法靠近你，更无法洞悉你的内心世界。

记得，那天晚上，我心情不好，一个人走在大街上，走着走着，眼泪就止不住地掉下来了。走了一段路，我忽然发现你从不远处向我走来。你不知道，那一瞬间我的内心有多激动。我渴望见到你，没想到，你恰巧在那时出现在我的面前。我再也无法抑制住内心的那份冲动，向你飞奔过去，紧紧地抱住你。那一刻，你并没有推开我。也许，是看到我眼中含着泪水，你不忍推开我；也许，是因为摸了一下我的手，发现我的手很冷，你有点心疼。

那天晚上，是你把我送回去的。其实，说实话，我根本不想离开你的，每次和你分开的时候，我都感到十分不舍和留恋。我好想每天都能看到你的身影，每时每刻都能待在你的身边。那一刻，我感觉你抱我抱得很紧，那一瞬间我认为你是喜欢我的，要不然你怎么会在大街上做出那种举动？这一点，真的很不像你的风格。是不是只有那种时候，你才会情不自禁地喜欢我；又或者，你只是一时冲动？我真的不知道。我对你的心意，你应该早就明白了，可是，你的心思却让我琢磨不透。你是不是真的爱我，你对我的爱到底有多少？还有，你到底喜欢她多一点，还是喜欢我多一点？我同样没有彻底弄清楚。也许，这种事情是永远都无法弄清楚的，你自己都不一定知道答案。

还记得那天晚上散步的时候，你从树上摘下一片叶子，递到我的手上，说如果我想见你，就吹那片叶子，听到它的声音，你就会出现。可是，我不知道怎么吹，你就把那片叶子拿过去，轻轻地捏住它，把它放在嘴唇之间，轻轻地一吹，就发出了悦耳的声音。也许，是我太笨了，那天晚上，你教了我很久，我才学会。你不知道，这对我来说具有怎样的意义。从那以后，我就可以经常见到你，可以近距离地接触你。那个时候，我对你很是崇拜，因为，你会的东西太多了，比如能让叶子发出美妙的声音。那个时候，我对爱情还什么都不懂，只是感觉你这个人不简单。那个时候，我就渴望着一生一世都能和你在一起，永远不分离。我知道，我对你的那份迷恋就是从那时开始的，一直到现在都没有停止过。也许，你不会相信，但这就是事实。你是我这辈子最爱的男人，我是永远都不会欺骗你的，这一点，你要相信我。叶子，在你那里，似乎一下子有了生命，能发出那么好听的声音，这种事，恐怕只有你能做到。那一刻，我真的是这样想的，你总是会给我一些意想不到的惊喜。

现在想想，那个时候，我真的是太天真了，以为这样的爱情会永恒不变，会一直走下去。其实，是我错了，我把爱情想得过于完美。现实是那么残忍，它才不会顾及我的感受，它甚至不允许一个单纯天真的人按照自己的意愿生活下去。它经常和你唱反调，我想这样，它偏偏就要那样；我想越来越靠近你，它就让我离你越来越远。曾经有一个时期，我以为我就要彻底地抓住你了，但是，后来还是让你从我身边逃脱了。也许，你根本就不属于我。现在，丽仪已经不在你身边了，但是你依旧不属于我，你的心还是在她身上。说实话，这是最让我伤心的地方，我为你付出了那么多，依然得不到你的心。

记得那天，我去你家找你。那时，你正坐在沙发上，手里拿着一条项链，是她送给你的。你的目光停留在它身上，连我从外面进来你都没发现。我知道，你想她了。她离开你那么久了，你怎么可能不想她？在我的面前，你从来都不提她，我知道，那是你在顾及我的感受。其实，每次想到这里，我都挺感动的，你是个很好、很细心的男人，连这种细微的地方都能想得到。那天，见到你的时候，我假装什么都不知道，还夸你的那条项链很漂亮。我宁愿装作一无所知，也不愿意让你看出点什么。我不想揭穿你，不想看到你难过。我不知道，在你的面前，我为什么会变得那么卑微，那么委曲求全，也许，是因为太爱你了吧，要是换个男人，我是怎么也做不到的。那天，你只顾看那条项链，只顾想她，都没怎么理我。说心里话，我是有点伤心的，不过，我也可以理解。我不怪你，因为能够待在你身边，我已经感到很幸福、很满足了。至于你的心里有没有我，不是我所能强求的。其实，我就想那样看着你，像那天那样静静地看着你。我不想奢求什么，那样会让我感到很累。

从前，有一段时间，我就想从你那里得到太多，结果，把自己弄得疲惫不堪。我知道，自从她出现以后，你就很难再属于我一个人了。虽然我的内心一直不肯承认这一点，但这却是不争的事实。现在，我不再想太多，只想这样一直陪在你身边。你开心的时候，我陪你一起笑；你难过的时候，我陪你一起掉眼泪。那天，你盯着那条项链，眼睛里含着隐忍的泪水。看着你的样子，我竟然希望你能快点找到她。我不知道自己为什么会那样想，也许是因为，我想看到你快乐，想看到你幸福，我一点都不想看到你难过，看到你痛苦。

记得，从前我生日的时候，你送给我一个戒指。我很喜欢，自从你送给我的那天起，我就一直把它戴在手上。你知道，它对我有多重要吗？也许，它对我的意义就像你的那条项链之于你一样，承载着太多的回忆和爱恋。你不能每时每刻待在我身边，但是它却可以，它让我在看不到你的时候没有那么痛苦。你不知道，你不在我身边的时候，我有多想你。有时候，我会情不自禁地亲吻那枚戒指，就像亲吻着你一样。你不知道，当我看到你如此想她，如此在乎那条项链的时候，我有多心酸、多难过。你不知道，那个时候，我也在不停地注视你送给我的那个戒指。你知不知道，我有多爱你，我对你的爱绝不会比她少，为什么你的心里只有她一个人？你不知道你这样我有多难过！

每当看着那个戒指的时候，我都特别地想你。我知道，如果不是她的出现，你一定会爱上我的，你一定会选择跟我在一起的。因为，我知道，你曾经喜欢过我，或者说就差那么一点点，你就爱上我了，只是因为她的出现，你对我的爱才突然中断。有时候，看着那个戒指，我的泪水就止不住地流淌下来，滴落在那枚戒指上面。那泪水也是有差别的，有幸福的泪水，也有伤心的泪水。现在的我，已经不怎么会哭了，要哭也只会为你一个人。在这个世界上，不会再有第二个男人，能让我变得这样脆弱，这样痛苦。只有在你面前，我才显得如此脆弱，因为，我不想伪装，我宁愿把我软弱的一面展现出来，让你看到一个真实的我，就像你在我面前表现的那样。

其实我知道，一直以来，你对我的好，有那么一点同情和可怜的成分，不全是喜欢。现在，这些对我来说，已经没有关系了，只要你在我身边，其他的一切都显得不是那么重要了。她已经不在你身边了，我怎么会再计较那些东西呢？现在，我感觉我真的变了，不像从前那样喜欢首饰了。如今，我身上只剩下你送的那枚戒指。我知道，是你让我变成这样的。我不想再戴什么珠宝，那样会分散我的注意力。我想把我对你所有的爱恋都集中在那枚小小的戒指上，不想有一丝一毫的偏离。我不知道自己为什么会对你如此痴迷，那种感觉，既让我感到幸福万分，同时又让我备受折磨。你能了解那种感受吗?

还记得，有一段时间，我晚上老是做噩梦。我的那个房子背后是一座山，晚上，风吹动窗帘的时候，总是发出一些奇怪的声音，让我感到特别害怕。那个时候，她还没有来到你身边，我害怕的时候可以打电话让你来陪我。你并不靠近我，就躺在我床边的长沙发上。其实，那个时候我好想让你抱着我睡，可是又说不出口。在你的面前，我总是显得过于腼腆和羞涩，即便心里是那样想的，也不好意思跟你说。那个时候，如果你真的靠近我的话，我恐怕是难以抵抗的。我对你的心，你是早就知道的。不知道为什么，你待在我身边，一瞬间那种恐惧感就消失了。我不想你离开我，所以没有马上告诉你。我想让你在我身边陪着我，哪怕只有一晚上。

现在，和那时一样，我只想让你在我身边陪着我，这样我就满足了。我不要你娶我，就这样就可以了。其实，我知道那样不好，可是你知道的，我身边没有什么朋友，我不知道除了你，我还能找谁来陪我。现在，她已经不在你身边了，我害怕寂寞的时候，还能找你来陪我吗? 和从前一样，你只要陪我说说话就可以了。我知道，也许我这一生都得不到你，但是我从来都没有后悔爱上你。认识你，是我这辈子最幸福的一件事。你可以拒绝我，但不要离开我；我对你没有别的要求，只有这一点。

那天晚上，我把我的大衣盖在你身上，看着熟睡中的你，我一时没控制住自己的感情，在你脸上亲了一下。那一刻，我发现我真的好爱你。这件事情，我一直没敢跟你说，这是我内心的一个秘密。那天晚上，其实我没怎么睡好，我太激动了；再说，我想多看看你，因为天一亮，你就要走了。

还记得很久以前我们去爬山的时候拍的那些照片吗？你可能已经不记得了，那是很久以前的事情了。那段时间，你和她在一起，一度让我觉得你离我很远。那些天，我的心情很差。我想把那些照片通通烧掉。我以为那样我就不会再那么想你，不会再那么痛苦了。不过，后来我发现我错了。在我真的把那些照片烧掉后，那些记忆依旧存活在我的脑海里，我没有办法把它们一起烧掉。我那样做只是在骗自己，不但忘不了你，反而更加深了你在我心中的那份记忆。

那个时候，我真的不知道该怎么办。看到你们两个经常在一起，我真的好妒忌，好羡慕。可是，在你面前，我又假装坚强，假装什么事都没有发生。因为，我不想让你看到我那个样子，也不想让你难堪。可是，我演戏演得那么烂，我不知道自己还能撑多久。我怕被你看出破绽，也怕被她看出来，被她看出我可怜难堪的一面。我不想让你们看到这些，也不想破坏你的幸福。对你，我从来都是想你幸福的，不想看到你受一点点伤害。所以，那段时间，你不会感觉到我有什么异常，我把我可怜、卑微、痛苦的一面隐藏起来了。我知道那个时候，我一直在骗自己。我以为我离得开你，但其实，从我爱上你的那一刻起，我就再也没有办法离开你了。因此，现在，你可以想象得到，我那个时候的内心有多矛盾、多痛苦了吧？

还记得那天晚上在小船上我跟你说的话吗？如果有一天她辜负了你，离开了你，别忘了你还有我，我会永远在一个小角落里等着你。其实，现在，我还像当初那样深爱着你。我对你的心，一直都没有变过。我不在乎你曾经和她在一起过，你曾经爱过她，我可以把那看作你生命中的一段插曲。现在，她已经离开你了，你就不要再想她了。你不知道，看到你那个样子，我的心里有多疼！我不介意你跟我在一起的时候，偶尔会想起她，只要你愿意选我，愿意跟我在一起，不管你做什么，我都不会反对的。

记得，那次你去山东，我去火车站送你。那次，你要走半个月。你不知道，当时我有多舍不得。那是我第一次离开你那么久，虽然知道不久你就会回来，但是我还是流下了眼泪。列车就要开动了，我还抓着你的手舍不得放开。在你离开的那些天里，我好想你，发疯一般地想你，想你想得快要崩溃。那个时候，我就告诉自己，我要一辈子留在你身边，因为我不想再度承受那种别离的滋味。那段时间，我想你想得好难受。我真的不想松开你的手，我想每一天每一小时都和你在一起。如果，真的能这样，那我该有多幸福！你不知道，你走的那段时间，我是怎样一天天度过的。我整个灵魂、整个意识、整个思想，好像被谁抽走，完全不受我控制。我一心扑在你身上，想那时你正在做什么，是不是也在想着我。那时，我整个生命好像都附着在你身上，我什么都不做，就那样一天一天地等着你回来。说起来，你只走了半个月，但是给我的感觉就像半年那样漫长。这让我再次确认了一件事，那就是我真的好爱你，不然，怎么会那个样子？还有一点就是，我发现我真的离不开你，哪怕只是短暂的半个月。半个月以后，你终于回来了。当我去火车站接你的时候，我发现你好像瘦了。也许，并没有瘦，只是感觉好像瘦了一点。看到你，我瞬间感到说不出来的心疼和难过。

现在，想到这些，就像是昨天才发生的事情一样。那个时候，她还没有出现在你身边。我知道，如果没有她，你一定会爱上我的。就是因为她的出现，我那些美好鲜艳的回忆，才会在一瞬间起变化，似乎在一刹那就褪色了。其实，在我的内心深处，一直存在一个幻想，一个梦，那就是有一天，你会出现在我面前，跟我说我们永远在一起吧。如果，真的有这么一天的话，那我现在所有的等待和痛苦，就都不算什么了，或者说是值得的，还有什么好抱怨的呢？我不知道，我还要等你多久，也许是一个月，也许是一年，又或者是一辈子。我不知道，真的不知道。我这一生，恐怕都要在等待中度过。

有时候，我在想，你为什么不选择我？是因为我拥有的太多，对吧？她只有你，除了你，她似乎一无所有。可是，爱情怎么可以用这种标准去衡量呢？你觉得你对她的那种爱是真正的爱情吗？会不会是同情和怜悯呢？或许你根本分不清这一点，你这个人就是这样，永远都无法弄清楚这一点，所以才会带给别人伤害。或者说你可以分得清，只是你还没有那样做。我承认，她是看起来给人一种楚楚可怜的样子，值得你同情和保护。但那是爱情吗？我觉得你应该好好地想一下，你和我之间的那份感情才是爱情。因为我一直守在你身边，你对我又那么好。如果这样都不算爱情的话，我恐怕从此都不会再相信爱情了！

还记得你在宝月堂给我买的那件粉色格子旗袍吗？你不知道，我有多喜欢这件衣服，一直放在那里舍不得穿。其实，我知道，你很少给女人买衣服。你要是冷静下来想想这件事，你可能会突然明白你对我到底是怎样的一份感情。这么多年以来，你只给几个女人买过衣服，为什么会这样，你心里比我清楚。我不想从你那里奢求什么，只想确认你是爱我的。如果能够做到这一点，我就再也没有什么遗憾了。你知道，我从来都没有向你要过什么贵重的首饰，那些珠宝在我心中，是无法和你相提并论的。只要能和你在一起，我什么都不要。如果上天给我一次机会，让我再做一次选择的话，我还是会选择认识你，选择爱上你。还有什么好怀疑的呢？遇到你，是我这一生最美好的事；和你在一起，是我这一生最幸福的事。

还记得那天下午我帮你洗衣服吗？说起来，我这一生，只为你这一个男人洗过衣服。为你做这些事，我一点都不会感觉累，只是感到无限的幸福。我一生的幸福都是和你相关的，怎能不这样呢？其实，我跟你说的这些话都是真的，没有一句欺骗你，请相信我对你的爱，我是永远都不会欺骗你的感情的！晾衣服的时候，你就站在我面前。那一刻，我更感到说不出来的幸福，直到现在都没有忘记。你叫我怎么忘记，忘记那些幸福的瞬间呢？我是无论如何都做不到的！另外，我想告诉你的是，你站在我面前的时候，有一瞬间我似乎把曾经所有的痛苦和不开心通通忘掉了，至少暂时忘掉了。你不知道，你对我有多重要！

现在，我想告诉你一件事：我有了你的孩子，已经三个月了。听到这个消息，你不必感到惊慌和不安。如果你不愿意接纳这个孩子，你就当作不知道，我可以独自把他（她）抚养长大。请原谅我隐瞒你这么久，我不是故意的，因为我不知道你爱不爱我，也不想你因为孩子才和我在一起。那样的话，我感觉自己太卑鄙了。所以，我一直瞒着你。再者，我感觉你爱的人是她，不是我。说实话，在我的内心，不想给你增添一点负担和烦恼。你知道，我那么爱你，我不想你被这个孩子牵绊，我也不要你负责，只要你能承认这个孩子，我就满足了。当我知道自己怀孕了，你知道我有多开心吗？因为，我知道，你的心里还在想着她，你还没有忘掉她，你对她的爱可能一直都没有停止过，我可能一辈子都得不到你的心。但是现在，我有了你的孩子，我真的感到很幸福、很满足了。我再也不奢望能够得到你，真的不再奢望了。

其实，我想过要一直瞒着你的，可是，我不想离开你，想一直待在你身边，孩子会一天天长大，到时候是瞒不住的。况且，你一直对我那么好，如果你知道这个孩子的父亲是你，你或许会接受他（她），可能也会接受我。因为，我知道，你对我并不是完全不喜欢，只是爱我没有爱她那么深而已。那段时间，我不止一遍在心里这么想。在你面前，我的爱好像立刻变得卑微，连想法也顺带变得无限卑微，不知道你有没有发现这一点？其实，说对你一点也不奢望了，那是在骗自己。在我心里，还是希望你能走近我，给我机会的。因为，说实话，我对你的爱，从来都未曾停止过。

记得，有一次，你和丽仪吵架后，跑来找我，向我诉说你心中的委屈和痛苦。我从来都没有见过你那个样子。你的手好像被玻璃划过，还在流着血；你的脸上流露出来的，是无限的痛苦和失望。看到你的时候，我的眼泪止不住地流下来了。你不知道，那一瞬间我有多心疼，我宁愿受伤的那个人是我。我不知道你们之间到底怎么了，我也不敢问，怕你生气。我只想安静地陪在你身边，能够那样，我已经很满足了。其实，我知道的，只有在那种时候，你才会离我那么近；也只有在那种时候，你才会发现我的好，才会情不自禁地想要靠近我。但是，你放心，那种时候我是不会主动接近你、引诱你的。因为，那样做，会贬低我在你心目中的形象，也会让我看不起我自己。我承认我很爱你，但是要你心甘情愿地接受我，而不是我乘人之危。

那天，你的背上也有划痕，那是你在街上跑的时候，不小心撞到路边的玻璃窗上弄的。你的伤口看上去挺深的，但是，你从头到尾没有喊一声疼，好像已经忘记了眼前的疼痛。那个时候，你的心里一直在想着她，想着她对你的伤害。你说她辜负了你，把你对她的爱彻底地毁灭了。当时，你看起来是那么痛苦和绝望。那时，我真的不知道该怎么办了，不知道该用什么话来安慰你。我真的不愿意看到你那个样子，只好抱着你，叫你不要难过。我说你还有我，我是永远都不会离开你的。其实，你知道的，我一直在等你，只要你示意一下，我就会立刻来到你身边，因为我的心早就属于你了，从我爱上你的那一秒钟起就彻底属于你了。

我从来都没有看过你哭得那么伤心，那一瞬间，我突然意识到你真的太爱她了，不然你怎么会那个样子，怎么会那么痛苦。你知不知道，你那个样子让我心里有多难受？有时候，我在想，如果你能像爱她那样爱我，那我该有多幸福！如果你爱的人是我，我是无论如何都不会辜负你、背叛你的，我会好好地爱你，一生一世只爱你一个人。我不会让你像那天那样虐待自己，我会拿我整个生命去爱你。可是，你为什么不选我呢？我真的比不上她吗？

那天，你让我不要靠近你，因为你怕你抗拒不了我。那是不是说明你的心里是有我的？你不是不喜欢我，如果没有她的话，你会爱上我的，对吗？你叫我不要靠近你，不要理你，我怎么做得到呢？我那么爱你，你叫我怎么离你远远的，怎么和你保持距离？我真的做不到！如果可以的话，我多想能把你的痛苦分我一半，让我和你一起承担，这样的话，你就不会感到那么痛苦了。也许，你会说我太天真了，但我真的是这么想的，我想看到你幸福的样子。现在，当你知道我有了你的孩子，不知道你会不会感到快乐，感到幸福？

还记得那天下午，因为生意上的事，我遇到了危险，是你来救了我，还受了伤。回去的路上，我发现你的手臂和身上还在流着血，我的长裙上面也沾满了你的鲜血。那时，我真的害怕极了，我以为你快要不行了，眼泪止不住地流淌下来。我扶着你在大街上慢慢地走着，你知道吗，那一刻我的心里有多惶恐不安？我害怕突然就失去你，要是没有了你，我真的不知道该怎么活下去？那一刻，我突然意识到一件事，那就是我真的不能没有你，我可以什么都不要，唯独不能没有你。如果，你就那样走了，我想我真的会发疯！你不知道，我有好多话没来得及跟你讲，有很多事想和你一起去完成。那一个月里，我天天陪在你身边照顾你，一刻都不想离开你。看着你的那些伤口，我的心好痛！想想，你救过我好几次了，你对我那么好，叫我拿什么来偿还？我欠你的太多了，一辈子恐怕都无法弥补。有时候，我在想，你为什么要对我这么好？你不知道你这样做，我会感动，会情不自禁地爱上你吗？也许，你没有想那么多，但是事实就是这样，我爱上你了，爱得死心塌地，爱得不可救药。你的爱，你的怀抱，好像一个陷阱，我已经深深地陷进去了，已经没得救了。不过，这些都不怪你，是我心甘情愿爱上你的，跟你没有关系。

其实，我好想让你再抱我一次，因为你已经很久没有抱过我了！现在，你的心里装满了她，哪怕只是一个小小的拥抱，对我来说都是奢求。有时候，我在想，我那么爱你，难道抵不过你对她的那份思念？或许就是这样，这种事情其实不能进行比较的，只是我一厢情愿罢了。这么久了，你的心里还在想她，你还没有忘记她。如果，你也能这么爱我，那我该有多幸福！我放下了我的骄傲和自尊，只为了能更好地爱你，可是，直到现在，我还是没有得到你的心。有时候，我感觉自己好没用，心里充满了挫败感。我不知道自己为什么会变成今天这个样子，我想原因只有一个，那就是因为你。因为爱你，我才会变成这样。可是，你的心里好像只有她，再也容纳不了别人！我不知道我的爱，我的坚持，我的死心塌地，是不是很傻，换不来你的爱，只得到无限的心痛和折磨。可是，爱一个人就是这个样子的，因此我无怨无悔。如果说我的笔尖有那么一丝怨恨，那么请看在孩子的面上原谅我吧。

曾经，我爱你爱得如此疯狂；现在，这份爱恐怕冷却了不少。不是不爱了，而是我把对你的那份爱转移到了孩子身上。我要小心地保护好这个孩子，不能让他（她）有一点点闪失。因为，他（她）是我从你那里得到的仅有的一点点爱，我不能失去。他（她）是你生命的延续，是我对你的那份爱的延续。我对你的爱，永远不会中断，我不但要继续爱你，还要好好爱他（她），爱你的孩子。只有这样，我才可以好好地活下去。

记得曾经和你一起去郊外爬山。那天，我们爬了很久，来到山顶悬崖边的时候，已经是傍晚了。悬崖边长着一朵红色的花，十分艳丽。当时，我忍不住去靠近它，想把它采下来。要不是你从后面拼命拉住我，我恐怕就从那里掉下去了。但是，就是现在回想起来，我依然是不后悔的，因为，最后我还是得到了它。有时候，我在想，你的爱对我来说，就好像是那朵长在悬崖边的花。我一步步地靠近你，我不知道，等待我的是什么，是一个男人，还是一场梦？如果有一天，我真的从悬崖边跌落下去，那我一直苦苦追逐的这个梦，是不是就会被彻底摔醒？为什么我明知道接近你有危险，还要不停地接近你？或许就是因为你过于美好，就像那朵花一样，让我沉迷深陷。

其实，冷静下来想想，在丽仪出现之后，你的心就不属于我了，虽然从前有一段时间，可能在我身上停留过。可是，我就是忍不住想去靠近你，想要得到你的爱。因此，我不顾危险，不顾伤害，就那样一步一步地向你走近，不顾一切地向你走近。但是你不知道，靠近你其实并不是一件容易的事情，靠近你的同时，伴有多少折磨和心酸啊！因为爱你，所以会有折磨。看不见你的时候，是一种折磨；想你的时候，是一种折磨。因为得不到，所以会心酸，尤其是看见你和她在一起的时候，那种幸福甜蜜的样子，让我无比心酸。你能体会那种心酸的感受吗？也许你不会了解，但你现在总该知道我有多爱你了吧！

还记得从山上下来的时候，我的手里紧紧地握着那朵小花——那是我冒着生命危险采来的。那一刻，它在我的心里似乎一下子变得无比神圣、无比重要起来，就像我对你的爱。其实，我可以等你的，哪怕三年、五年、十年，我都愿意在这里等你。我只怕，只怕等不到你。我知道，你现在还在等着她回来，我不怪你，我只是想让你知道，如果她真的不再回到你身边，到时候给我一个机会好吗？其实，我一直都梦想着能和你在一起，能够嫁给你。你知道我去过那个教堂多少次吗？只是因为那里经常有人举行婚礼。站在那里的时候，我幻想着那个新郎是你，那个新娘就是我。我知道，我说的这一切听上去是那么可笑。但是你不知道，我有多少个晚上，重复做着这个梦，想象着自己穿上白色婚纱的样子。现在想想，这一切似乎又离我好远。哪怕是现在我有了你的孩子，我感觉这一切依旧像是一个梦，离我好远。

还有，你知道我去过天飞路的那家龙凤婚纱店多少次吗？隔着玻璃窗，我看着那件白色婚纱。有时，我感觉它离我很近，好像一伸手就能摸到；有时，又感觉它离我好远，虽然只隔着一层薄薄的玻璃，但是好像一生都无法触及。这种感觉，随着我的心情而变化。我想象着我穿上它时的样子，想象着你牵着我的手走在那个教堂里的样子。有时候，看着那件婚纱，我会忍不住地掉眼泪。因为，我知道我可能一辈子都得不到它。有一天，它会被别的女人买走，一个我不认识的幸福女人买走。现在，想到这里的时候，我的眼泪又止不住地掉下来了。想想，这一生，我流过多少次眼泪啊？而这其中大部分都是为你而流的，都是和你有关的。现在，我偶尔还是会去看那件婚纱，等晚上那家店关门的时候去。我把脸贴在橱窗上，闭上眼睛，尽情地想象着那个梦，那个不切实际的梦。你可以想象得到，当别人看到我那个样子的时候，一定会觉得我是个疯女人，只有疯女人才会做那样的事情。

其实，我完全可以把那件婚纱买回去的，但是，那样太可笑了，太自欺欺人了，我不能那样做。我宁愿经常站在那里注视它，宁愿被当作一个疯女人。可是，这又有什么用呢？我那可怜焦灼的目光，换不来你的爱，只换来无尽的失望和无奈。其实，那家婚纱店和你住的地方只隔了两条街。我想，如果你能看到我那个样子，你或许会心疼的，或许会爱上我的。甚至，你或许会跑过来，把我拉到你的怀里，紧紧地抱我，深情地吻我，再也不让我从你身边离开。如果真的是那样，那我该有多幸福，我就算有再多、再深的伤口，也会在一刹那平复。可是，我知道，这是永远都不可能的，我又在胡思乱想了。不，应该说我又在做梦了。你不知道，曾经下雪的时候，我还是像往常那样来到那个橱窗前，那件婚纱前。那个时候，我还没有你的孩子。那天真的好冷，我的手都冻僵了，但是有一股顽强的意志力支撑着我，让我舍不得离开那里。你相信吗？在那样一个寒冷的晚上，我一动不动地站在那里，足足站了四个小时。最后，我实在站不动了，才不得不离开。多少个晚上，我都是那样度过的。

记得，她刚离开你的那段时间，你特别痛苦。你把自己关在屋子里，我叫你你也不开门。我没有办法，就站在你的门口等。无论如何，我下定决心要陪在你身边。你把自己关在房间里两天两夜，那两天，我就那样在门外陪着你。我说过，不管什么时候，只要你需要，我都会待在你身边。那个时候，看着你折磨自己、虐待自己，我的心好痛，又觉得自己真的很没用，没有本事阻止你，只会一个劲地伤心掉眼泪。其实，现在想想，你对我还是有感情的，因为，当你打开房门看见我的时候，你的眼泪都快掉下来了。你的眼睛是骗不了人的，你心疼我了，不然，你接下来怎么会靠近我，然后将我紧紧拥入怀里，又在我的额头上亲了一下？其实，你是喜欢我的，虽然你不曾承认这一点，但却是事实。那个时候，我已经饿得没有力气了，但是看到你以后，我一下子就恢复了精神。你不知道，你对我有多重要！那个时候，你叫我不要对你那么好，不要靠近你。可是我怎么做得到？我没有办法不理你，也没有办法躲开你。我是再也不能自拔了。

现在，有了你的孩子，我觉得我比从前任何时候都要更靠近你。从你那里，我什么都没有得到，除了这个孩子。不过，你放心，我不会给你带来任何负担和困扰的，我会比从前更爱你，并且把这份爱转移到这个孩子身上。现在，我对你的那份爱和以往比起来，已经更加成熟深厚，我的思想也有所改变。这一切，都是你带给我的，你已经在不知不觉中改变了我。

记得，那天下午你本来要走的，我一时没控制住自己的感情，说有几句话想对你说。那是我第一次完整地向你袒露我的内心，我想要你接受我。现在，她已经不在你身边了，我希望你能给我一个机会，一个爱你的机会。我拉着你的胳膊，不想让你走。现在想想，那时自己真的太勇敢了，能够勇敢地面对你，面对自己的感情。那一刻，你大概被我感动了，有一分钟都没有说一句话。也许，到那个时候为止，你都没有真正冷静下来思考过你对我的那份感情。我知道，你的内心，在那一瞬间有点动摇了。从前，你一直以为你爱的人是她，但是那一刻，你好像分不清楚你爱的人究竟是谁？可能是她，又或者是我。你让我给你时间，让我不要逼你。其实，你知道的，我一直都在这里等你，从来都没有逼过你，勉强过你！那天，我只是一时冲动，可能是对你的那份感情积压了太久。要不是因为这样，我会像从前那样继续沉默下去，不会向你透露半个字。爱你，却不能和你在一起，你能了解那种痛苦吗？

那一次，你盯着我的脸看了很久——那是你第一次用那种眼神看我。你好像重新认识了我一遍，不，应该说那是你第一次真正面对我的感情。从前，你一直躲避着，不敢面对，而那两个小时里，你想通了很多事情，这些事情是你这几年里一直未曾理清的。你似乎明白了一件事，那就是眼前的这个女人有多爱你。可是，你的心一直都在她的身上，我对你来说，到底算什么呢？你看她的时候，眼神是那么坚定不移，好像全世界的女人一瞬间都消失了似的。我不知道，这其中包不包括我。也许，在她的面前，我也显得微不足道。只有当她不在你身边的时候，你才会把我看得那么重要，你说是不是？为了你，我付出了那么多，可是为什么就是得不到你的爱？我真的想不通。

也许，你会以为我肯定很恨她，其实你错了，我一点都不恨她，从来都没有恨过她。因为，没有她，我怎么知道你这么重要；没有她，我怎么知道自己这么爱你？她出现在你身边，才让我更加意识到我真的不能没有你，失去你，等于失去了全世界！那一刻，我拉着你的胳膊，并不是要纠缠你，真的不是那个意思，你不要误会我。我只是想让你明白，我有多爱你，多想和你在一起。虽然，此生也许都无法得到你的爱，但是我也不想从你的身边离开。因为，你是我的唯一，是我的一切，我这一生都不会对你放手的。因为，在这个世界上，不会有哪个女人比我更爱你了！

还记得那个有月亮的晚上，天气很冷，但是看到你的那一瞬间，我就不再感到寒冷了。因为，哪怕是你的一个笑容，都足以温暖我整个内心；你的一个眼神，都可以令我神魂颠倒。也许，你不会相信，但事实就是如此。其实，那个时候，我感到很累，我的样子或许也显得疲惫不堪吧。一定是这样，因为那时我感觉自己都快站不稳了，要不是你走过来，让我靠在你的肩膀上，我真的要支持不住了。那一瞬间，我觉得我真的不能没有你。你是我的依靠，我希望我累的时候、不开心的时候，你能够陪在我身边。那个时候，我感觉你对我真的很好，比现在还要好。那时，你还不认识她，没有人跟我抢你，你的心里只有我一个，你的爱只集中在我一个人身上。现在和那时不一样了，你真的变了，你对我也没有从前那么好了。不是说你的心里没有我，而是你的心里还有一个她，并且我在你心里的分量是不如她的。

其实，那晚的月亮很美，你还记得吗？现在，我很怀念那个晚上，还有那个晚上的你。我不知道，从什么时候开始，你对我的感情悄悄地发生了变化。这种变化，刚开始我无法接受，无法面对，可是后来，我还是慢慢地接受了。这个过程，是复杂煎熬的，是你难以想象的。你不知道，这是怎样一种痛苦无奈的感受，你可能一生都无法体会。现在想起来，我心里依旧会疼，会感到心酸，感到疲惫。不过，现在我已经很少去想这些事情了，因为，都是过去的事了。过去你是让我痛苦过，但是同时给了我太多的幸福。因此，我对你从来都没有恨，只有爱。这种爱，看上去是那么美，就像那晚的月亮。确切地说，比那晚的月亮还要美，美得让人窒息。可是，这种爱为什么就不能让你着迷，让你心动呢？我真的不明白。是因为我不够好吗？她比我更好，更令你痴迷心动吗？

现在，丽仪虽然已经不在你身边了，但不可否认的是，她对你来说，依旧是一个美丽的梦。从前是这样，现在还是如此。而我对你来说，到底算什么呢？其实，我一直在你的背后傻傻地等你，只要你回头看一下，就能看到我。可是，这么久以来，你始终没有回头。为什么你就不能给我一个机会呢？为什么你要一直守着那个不切实际的梦呢？其实，你只要一伸手，就可以立刻拥有一份完美的爱情。这一切，明明离你那么近，可能只有一步的距离，只要你向前走一点，就可以拥有。有时候，我真的不明白你是怎么想的。也许，得不到的才是最好的，所以，你才不懂得珍惜我，是吗？

记得，那天你来找我，我正坐在客厅里发呆。你从背后用双手捂住我的眼睛，让我猜你是谁。其实，用得着猜吗？你的声音，我是如此熟悉，曾千百次地出现在我的梦里。你不知道，那一刻我正在想你，可是我不好意思告诉你。你那次来是为了她。你说她人很好，希望我能和她成为朋友。其实，我也知道她人不错，所以，我的内心始终都没有恨过她。但是，要我和她做朋友，恐怕我真的做不到。因为，我和她之间始终存在着阻碍，这个阻碍就是你。要是没有你，我和她或许会成为朋友。不过，有一点，你可以放心，那就是我不会用一些卑鄙的手段去和她争。我知道，你不喜欢那样的女人，而你不喜欢的，我永远都不会去做，即使我这一生都无法得到你。我要你此生想到我的时候，只会想到我的好。

那天，你说了她很多好话。我知道你的用意，你不想我去伤害她。其实你不用担心的，我这一生，都不会给她造成一点点伤害，能伤害到她的人，只有你。她那么爱你，就因为这样，你才容易伤害到她。对我来说，也是如此。别的男人恐怕没有机会给我造成伤害，因为他们没有机会靠近我，而你一不小心就可能让我受伤，让我掉眼泪，因为，你早就走进了我的内心深处。

其实，我知道你从来都不想刻意去伤害一个女人，但是你终究会伤害我和她之中的一个。因为，到最后，你还是不得不做出选择。也许，你的心早有归属，是我一厢情愿，是我不甘心。可是，你真的不能怪我，谁叫你那么好，谁叫我那么爱你呢！如果，我对你的爱能够少一点，那么我肯定不会这样疯狂的。说实话，我抑制不住对你的那份感情。曾经有一段时间，我也想过要离开你，要从你的身边、从你的世界彻底消失。但是最终，我还是放弃了，因为，我知道我不能没有你。我想要永远待在你身边，想要时时看到你，我可以接受你的一切，甚至你的心里有别的女人！只要你让我留在你身边，其他的一切都不重要。

还记得那次，你让我陪你一起喝酒吗？那天，你又是为了她。只有为了她，你才会喝那么多酒。有时候，我真的很心疼你。其实，你真的没有必要为她折磨自己，她已经离开你了，就算你再痛苦、再折磨自己，她也不会回到你身边了。

我不知道你为什么要这么傻，都这么久了，如果她的心里真的有你，她早就回到你身边了。你这样一味地伤心自责，在我看来是毫无意义的。有些人注定是要错过的。你与其活得这么痛苦，不如放下这段感情，转过身来好好地爱我。你知道的，我一直在等着你，我对你的心，从来都没有变过，一直是那么坚定不移。你要相信，我会一辈子守在你身边，一生只爱你一个人。你不要再想她了，你伤心难过的时候，她在哪里？你痛苦不堪、最需要她的时候，她又在哪里？其实，你知道的，从她离开你的那一刻起，她就不再属于你了。她的人，她的心，她的灵魂，她的思想，全都不再属于你了。所以，我劝你，不要再在她身上浪费时间了。我知道，你的心现在还不能完全从她身上移走，但我相信，总有一天，你会看到我，看到我对你的爱。

记得，那天我约你在湖边见面。那里真的好美。湖面上波光粼粼，四周都有鸟叫声。那是我第一次好好地欣赏风景，因为从前，我的心里全是你，别的一切都被我忽略了。现在，我对你的爱确实变得比以往沉稳理智得多，不再强求，顺其自然。那天，我们一起去划船。坐在船上的时候，我想了很多。我知道，我可能一辈子都无法握住你的手，但是能像那天那样，我已经感到很幸福了。你总是出现在我美好的记忆里，虽然只是短暂的停留，但对我来说已经够了。我不奢求什么。从前，我就是想要的太多，结果把自己弄得很累。

其实，明天的事谁又能知道呢？有时候，我们只能顺其自然，漂到哪里是哪里，就像那条船一样。当你用尽所有的力气，再也划不动的时候，你也只能任由它随水漂流了。你所能做的，就是眼睁睁地看它把你带到任何一个角落，不管你愿不愿意。因此，现在，我对你就是如此，不挣扎，一点都不挣扎。缘分把我们两个联系在一起，让我一步步接近你，但我却不知道最终会走向哪里。在我看来，不是走向天堂，就是走向地狱，因为如果没有你，我真的不知道该怎么好好活下去，我宁愿去死。可是，现在，有了你的孩子，我对你的感情又变得不一样了。我不会轻易让自己有那种想法，不会去做傻事。我想看着这个孩子慢慢长大，因为除了你，我只有这个孩子了。你对我来说，像是一个梦；而这个孩子，却是如此真实可信。我能真真切切地感受到他（她）的存在，不像你，总是忽远忽近，飘忽不定，我好像永远都抓不住你。

还记得，我曾经做过这样的梦：在一片长满鲜花的草地上，有一间房子，我牵着我们的孩子站在门口，你在不远处向我们飞奔过来，边跑边朝我们挥手。这样的画面，不止一次地出现在我的梦里。其实，我要的爱情就是这个样子的，有一间房子、一个孩子，有你在身边。你不知道，这是我的梦，我一直在追逐而未曾实现的梦。其实，只要有了你，这个梦就会变成现实，可是现实中你又不属于我，我恐怕一生都无法实现那个梦。

曾经，有一段时间，我以为我快要成功了，因为，她已经离你而去，我以为在这个爱情的战场上，再也没有人和我争你了。然而，我错了，错得离谱。她好像从来都没有离开过那个战场，她藏在你心里的某个角落，随时都可以跳出来和我决斗。我知道我是打不过她的，因为你爱的人是她，就算我打赢了她，还是得不到你的心，那决不决斗对我来说根本没有一点意义。因此，可以说，还没有决斗，我就已经输了。其实，我的内心深处是不服的。为什么输的人是我？为什么你不选我？难道是因为她柔弱的外表，更让你有一种想保护安慰的冲动？她抓住了你的弱点，满足了你男性的虚荣心，对吗？也许，你不会承认，但事实就是如此吧。

现在，你说你不怎么想她了。其实，我知道，你是在骗我，也是在骗你自己。你怎么可能不再想她？你每天都想她，这一点你瞒不过我。我那么了解你，你心里任何一点细微的变化，都逃不过我的眼睛。每次提到她，从你伤感闪躲的眼神里，我就知道你的心里还在想着她，只是在我面前，你刻意掩饰了这一点。但是你没想到的是，你越掩饰，反而暴露得越明显。只不过，我从来没有揭穿你，因为，我不想让你难堪，更不想让你难过。我宁愿当个傻瓜，也不愿让你发现我看出了什么。

不过，你在我面前公然做出想念她的样子，说实话我真的很难受、很心酸。我只是一个平凡的女人，我也有女人的弱点，我真的没有办法无动于衷。即便当时我的心里不是滋味，我表面还是会装作若无其事，因为我不想让你为难，不想让你担心。我也有伤心无助的时候，不过那种时候我往往会选择独自面对，而不去找你。我知道这段时间你一直活在痛苦中，我不想你继续被那种痛苦包围，我希望你能从那种痛苦中走出来。我知道，你已经被她的感情困住了。她对你的爱像一张无形的网，把你罩在里面，你摆脱不了，无法走出来。其实，被困住的又何止你一个？我也彻底被你困住了，想逃都逃不掉。曾经，痛苦的时候我想过要撕破那张网，可是，我发现我的力气太小，根本不是它的对手，只能选择顺从。你叫我怎么反抗，叫我拿什么武器去抵御？现在，她虽然离开你了，但是，我感觉她好像随时都会回来。她对我来说，就像那张网一样，即使她不拿武器，我都打不过她。你对她的爱是那么深，也许比对我要深十倍百倍，你叫我怎么跟她比，叫我怎么不害怕呢？

记得，她还没有出现的时候，你对我要比现在好得多。那时候，你是那么在乎我，生怕我受到一点点伤害。我知道，你还在暗中保护我。有时候，我晚上一个人回家，发现后面好像有人在跟着，脚步声很轻，不认真听根本察觉不到。刚开始，我以为是坏人，心里害怕极了，根本不敢回头去看。很久以后，我才知道那个人是你，你不放心我一个人回家，每次都在后面跟着。那个时候，你真的对我太好了，偷偷地为我做了那么多事，可是我却什么都不知道。你为什么不早一点告诉我呢？你要是早一点告诉我，也许我们早就已经在一起了。这样的话，即便她出现了，也没有办法影响我们的感情。可是，一切都不可能重新来过了。

那时，你悄悄地在我身后跟着，直到看着我走进家门。我真的不知道你就站在我家楼下，如果我知道，我一定会下来请你进去坐的。我怎么舍得让你就那么站在寒冷的大街上？你穿的衣服是那样单薄，要是被冻坏了，我一定不会原谅自己。我没有注意到你的存在，本身就不可原谅。你知道，你对我有多重要，可是那时，我却忽视了你对我的感情和爱。现在，我才真正意识到自己曾经犯下了多么严重的错。本来，我是有希望和你在一起的，可是，我却不小心让这个希望从我身边溜走了。这是我唯一能够得到你的希望，现在，即使我有了你的孩子，恐怕也无法再燃起那份希望了。没有你，哪怕算上孩子，我的生命也不那么完整——这是我真正痛苦绝望的地方。我知道，现在我已经没有勇气和力气，再去追寻那份完整了。

也许，是真的累了。这么长时间以来，我其实一直只在做一件事，那就是在你身后追逐你的背影。我不知道，这样做值不值得；我只知道，以后我还是会继续像从前那样走下去。也许，我会将步伐放慢一点，但是不会停，也从来没有想过要停下来。因为，我对你的爱，从来也没有停止过，一天都没有。不知道你对我的爱，是在哪一天、哪一刻停止的？我知道，你对我已经很好了，是我自作多情，要求得太多。但是这真的不能怪我，我真的没有办法抑制住对你的那份感情。如果我能做到，我或许会选择逃离你的视线，这样的话，我也不会像如今这样痛苦。我没有办法停止爱你，除非我的心跳停止，我的生命结束。可是，我现在有了你的孩子，我不可能立刻结束我的一生。我要用我的余生，去好好地爱这个孩子。有了这个孩子，我的生命似乎一下子饱满起来。我不再是一个人，我必须坚强地活下去，为孩子，也为我自己。我对你的爱，好像忽然间多了一份责任……

香影

9月6日

第十五封信

英雄：

曾经有一段时间，我想过要回到你的身边，忘掉过去，和你重新开始。因为，我知道你一直在找我，你的心依然在我身上，我想再给自己一次机会，一次爱你的机会。可是，当我知道香影有了你的孩子，我就不得不放弃先前的想法了。放弃你，同时放弃那段不舍的爱情。既然她有了你的孩子，那你就好好地对她吧。其实，你知道的，我没有了你，还可以勉强活下去，她要是真没有了你，一定活不下去的。她这一生，好像只为你一个人而活，她的世界从来都是围绕着你转的。她真的不能没有你。就算我再爱你，也还是不忍心把你从她身边夺走，那样对她来说，真的太残忍了，我不能伤害一个这么爱你的女人。我知道，你内心也是不愿意伤害她的。所以，我真的别无选择，只能彻底地对你死心，彻底地从你身边离开。你好好地和她在一起吧，不要再来找我了，我是不会再见你了。

其实，她挺可怜的，表面看上去什么都有，实际上她的世界空虚得可怕，因为那里面没几个人，你可能是其中最重要的一个，但是又好像并不真正属于她，像是随时都会消失。你是她生命延续的动力，在她的心里，没有什么能和你相提并论了。何况，她现在有了你的孩子，你真的没有理由抛弃她。像她这样的女人，你叫我怎么忍心伤害？我是无论如何都做不到的，你能理解我吗？再者，我感觉你们两个走在一起的时候，真的很般配。在我的眼里，你们才是天生的一对。不骗你，我真的是这么想的。说实话，我真的觉得自己配不上你，只有她这样的女人才配得上你。

记得，有一段时间，因为生意出了问题，我们过了一段苦日子。那段时间，我们住在你从前的旧房子里。也许，你做梦都没想到会再次回到那里去住。那里的家具好久没用，已经蒙上了一层厚厚的灰尘。那段时间对你来说，可能是一段痛苦的回忆，一段极力想要忘记的回忆，因为你感觉自己好像一下子回到了过去一无所有的时候。然而，对我来说，那却是一段美好的回忆，虽然过得很苦，但是依然觉得很幸福。因为有你陪在我身边，那些苦难和心酸，仿佛一下子变得微不足道了。那时，我真的感觉自己很幸福、很满足，我什么都不想要，就想那样和你在一起，过那种简单平凡的日子。那种生活，才是我想要的生活，唯一缺少的就是一个孩子。那个时候，不会有人来打扰我们的生活，更不会有别的女人来和我抢你。那时，你只属于我一个人。况且，那时你对我是那么好，我一点都不觉得苦。我好像早已忘记自己曾经拥有过奢华的生活，那些珠宝、汽车、别墅，似乎从来都没有在我的生命中出现过。

那段时间，我就像一个普通的女人一样，待在喜欢的人身边。那是大冬天，天是那么冷，可是，不知道为什么，当你抱紧我的时候，我就不再感到寒冷了，甚至感到一股暖流流遍我的全身。我知道，那是因为身边有你。如果那时身边没有你的话，我一定会感到无限的冰冷，一定无法抵抗那种刺骨的寒意。你不知道，那时的你对我有多重要。有时候，我会做噩梦，从梦中惊醒。那个时候，我会不自觉地伸手摸一下你的脸，确认一下你还在不在我的身边。只要你还在我身边，我就不害怕了，因为我知道，不管发生什么事，你都会站出来保护我，不会丢下我不管。

现在想想，真的很怀念那段和你在一起的日子。那个时候，我们每天都在一起，不必想太多事情，只重复过着那种简单而平静的生活，外面烦扰喧嚣的世界似乎离我们很远。那样的生活，持续了一个月。虽然只有一个月，但我已经很满足了，因为那段时间我的世界里只有你一个人，这对我来说，何尝不是一种奢求、一种幸福？我知道，我以后可能都无法拥有那种生活了。那时候，我知道你经常会自责，认为自己连累我，让我跟着你受罪。其实，只要能跟你在一起，我宁愿什么都不要，别的东西是无法和你相比的，就算再苦，我都心甘情愿。因为，一段同甘共苦的爱情，才是真的爱情，才是我真正想要的爱情。一生哪怕只遇到一次，也不枉此生了,你说呢?那时我就知道,你不会甘心一直过那样的生活,你从来都没有被谁击败过,就算摔倒了,还是会重新站起来。

还记得,刚离开你的时候,我的内心非常痛苦,一种消极悲观的情绪紧紧地缠绕着我的身心。我试图摆脱它,可就是做不到。因为,你的影子好像会从过去跑出来,拦在我的面前,我没有办法绕过去。我不想想到你,不想回忆我们从前在一起的画面,因为,这会让我痛苦,让我难过。可是,你就像是无处不在,我不管走到哪里,似乎都能看见你。每经过一个地方,我的记忆就会一下子复燃起来——我们曾经在那里停留过,或者在那里买过什么东西。其实,现在,我真的不想再向你诉说那些痛苦,可是,我压抑了那么久,不向你诉说,我真的不知道还可以向谁说。

曾经,我的快乐绝大部分是你带来的,而我的痛苦也是和你有关的。你带给我的那些痛苦和伤口,现在已经差不多好了,只是偶尔想起来时,还会感到一点疼痛。可是,在刚离开你的那三个月里,我是无论如何都做不到的,想到你的时候,我的眼泪就会止不住地掉下来。三个月以后,想到你的时候,我的心没有那种剧烈的疼痛了。我知道,我的伤口开始愈合了,虽然还在疼,但是没有先前那么厉害了。这个过程是如此缓慢,我不知道我是怎么撑过来的,就是现在想起来,都觉得不可思议。我不敢去想一些和你有关的回忆，因为这样会勾起我试图遗忘的那份痛苦。我尽量去想一些和你有关的美好回忆，这样我的内心就没那么难过了。那个时候，我能做的好像就只剩下这些了。我不知道自己怎么会变成那个样子，我只知道，是你让我变成那样的，变得连我自己都快不认识自己了。

还记得，去年我去过我爸妈的墓地一次。仔细想想，自从他们去世后，这么多年我只去看过他们几次。不是我不想去看他们，而是不好意思去看他们。因为，他们离开的那一天，我答应他们，将来某一天，要带上一个自己喜欢的男人，到他们的墓前去祭拜。可是，到现在为止，我都没有做到这一点。其实，我曾经想让你陪我去的，但是因为她，我的这个愿望最终没能实现。每次到那里，我都特别难过，眼泪不停地掉下来。我不知道为什么我喜欢的男人最后都会离开我，我好像永远都抓不住属于自己的那份爱情。我究竟做错了什么？那天站在墓碑前，我心里反复地问着这个问题。也许，在我的心里，那个残存的梦还没有完全被现实毁灭，也许还剩那么一点点希望。我不知道我还能坚持多久，也许是一个月，也许是一年？我真的不知道。

记得曾经，你带我去过一个地方。那个地方是那么美，有山，有水。水是蓝的，山是绿的。山上还有一条长长的石板路，我们走在上面，好像永远也走不完似的。其实，那天和你去那里之前，我的心情很不好，可是回来的时候，我的心情就好多了。那样的美景，加上身边有你，即便有千万种烦恼和不开心，也完全消失不存在了。你不知道，只要有你在身边，我的世界好像一瞬间就变得无比美好。你似乎有一种魔力，能让我的世界发生变化，只有你才能做到这一点。那个时候，我真的是这样想的。

现在，有时候，我会一个人再次去到那里。可是，我发现，没有了你，那种感觉是不一样的。也许，只有你才能带给我那种无法言说的美好感觉，没有了你，再好的景色都好像一瞬间失去了色彩，变得无比黑暗。我的心在那一刻，似乎也变得无比沉重起来。你知道吗？这一切都是因为你。现在，你总算明白了你在我心里到底有多重要了吧？我相信，当时你还没有完全了解这一点。

记得曾经，我给过一个卖花的小女孩很多钱。那个时候，我还在你身边，不必为钱发愁。现在，我离开了你，过着贫穷的生活。不过，我不后悔当初的选择，不后悔从你身边离开。因为，我要的爱情过于完整，而你给不了。其实，我知道，没有了你，我身上的光芒好像一下子消失了，立即变得很普通，放在人群中都认不出来。可是，我真的没有办法委屈自己，不听从内心的想法。也许，别人无法理解我，但我知道自己内心真正想要的是什么，虽然一直未曾得到，但还是会坚持。

还记得，那天下午你陪我去百货公司，我一眼就看中了那对珍珠耳坠。我在柜台前看了很久，但是当时并没有叫你买给我，因为它的价格很高，我有点舍不得。两天后，你偷偷地去把它买回来了。当你把它放在我面前的时候，我的眼泪都忍不住要掉下来了。那一刻，我真的很感动。有时候，很多事我都不需要说出来，因为，你能看穿我的心思，知道我想要什么。这或许就是你和别的男人不一样的地方。你知道的，从前和你在一起的时候，我很少会主动要你给我买什么。因为，和你在一起，本身已经很幸福了。你送我的那些东西，我一直带在身边，即便在我最落魄、最贫穷的时候，我都没舍得把它们卖掉，因为这些东西对我来说有特殊的意义。有些东西，一旦失去，就永远失去了，再也找不回来，我不想让自己后悔，一次都不愿意。有很长一段时间，我都戴着那对珍珠耳坠，舍不得拿下来。你知道的，我一旦喜欢一样东西，就会喜欢很久。因为，那东西一旦属于我，我会越看越觉得它好看，会越来越喜欢。这种情结，直到现在，都不曾改变过。

不过现在，离开了你，我再也不能去百货公司买那些首饰了。因为贫穷，我只能选择过普通人的平凡生活。不过，我不后悔，每个人都要为自己的选择付出代价。现在，我已经习惯了这种贫穷的生活，如果再让我回到你身边，我可能反而会无法适应。也许，我真的变了，变得不像从前了。不知道，你还认不认识现在的我，还喜不喜欢现在的我？好在，我已经离开了你，这些对我来说，也都不重要了。

有时候晚上，我会一个人去戏院看一场电影。你知道的，从前我是害怕踏进黑漆漆的电影院的，现在，离开你以后，我似乎变得不再畏惧了，能独自面对这一切。不知道从什么时候开始，我变得如此坚强。也许，是因为一个人真的太孤独了，看电影或许能冲淡一点那份孤独。在家的时候，我偶尔会照照镜子。我想看看我的样子还有没有从前那么漂亮，在离开你之后，我是不是变得老了？因为，从前，你经常夸我漂亮。我站在镜子前，镜子里的我和离开你的时候相比，似乎没有什么变化。可是那一刻，我怎么感觉我变了呢？不是容貌，而是内心，变化了太多，我都快不认识我自己了。才这么短的时间，我怎么会变了这么多？

说心里话，我不想再一次向你诉说那些孤独的过往，我只是想告诉你我离开你之后的生活，仅此而已，没有别的意思。你知道，从前和你在一起的时候，我是不怎么照镜子的，因为我是属于那种不化妆都很漂亮的女人。可是现在，我好像没那么自信了，不化妆我是不敢出门的。也许，从前是你给了我那份自信，现在的我变得自卑了。其实，是我的心里在害怕，害怕万一有一天在街上遇到你，你突然发现我怎么变成这个样子了，不像从前那般漂亮了。我不想这样，我想让你想到我的时候，永远只记得我漂亮时候的样子。我不敢想象，你用那种失望的眼神看我。你不知道，我很在乎我在你心里的样子，我在你心里一定要是完美的，不允许有那么一点点瑕疵。为了维持这个样子，我一直在为难我自己，可是即便如此，我也一点都不后悔。我是那么爱你，还有什么委屈，不能为你受的呢？

曾经，我想过要为你生孩子，可是，当我知道她有了你的骨肉的时候，我的那个疯狂的想法一瞬间就被摧毁了。那一刻，我知道，我再也没有机会回到你身边了，一点机会都没有了。我从此以后不得不从你的世界里消失，带着你的那些誓言和承诺一起消失。也许，人生本来就是这么残忍，不会让你随意选择。

还记得那天晚上，我为你做酒酿圆子吗？我让你尝一下，你说味道很好。那天晚上，我穿得很漂亮，穿着一条红色长裙。曾经，你说过我穿裙子最好看。可是，现在，我恐怕再也没有机会穿漂亮的裙子给你看了。其实，你不知道，从前我穿裙子，只是为了穿给你一个人看。现在，你不在我身边了，我已经很少穿裙子了。曾经，我以为我们会永远在一起，会走到生命的最后一刻；现在，我知道，这是再也不可能的了。

记得离开你之后，有一段时间我特别想你。那个时候，我真的觉得自己很矛盾，很讨厌自己，明明下定决心要离开你，可是意志还是不够坚定，我的心似乎还在为你动摇。你知道，那样有多痛苦吗？你的影子，不停地在我身边徘徊，我想躲都躲不掉。我真的很讨厌那个时候的自己，那么没有出息，只会不停地掉眼泪。可是当时，我真的控制不住自己。你的影子不时闪现在我的眼前，像星星一样照亮我黑暗的内心，我根本无法安睡。那段时间，我整夜整夜睡不着，就那样坐在床上，等着窗外的天空一点一点亮起来。那样的日子，现在回想起来真的是一种煎熬。

还记得，那天早上，你给我买了很多我爱吃的糖果，叫我慢慢吃，不要一下子吃太多。我知道，你怕我吃太多胃会不舒服。那个时候，你真的对我很好。我从来都没有告诉过你我喜欢吃什么，可是你似乎什么都知道。现在，恐怕再也没有人会给我买好吃的了。女人都喜欢被男人疼，十个女人当中九个都喜欢那种对自己好的男人。那个时候，你真的太疼我了，那种疼爱太浓烈、太深刻，让我难以忘怀。恐怕从此以后，我再也无法遇到这样的感情，无法得到这样的疼爱了。那种感情，那种生活，好像一生只会经历一次，过去就不会再来了。

现在，我根本无法想象我以后的生活会是什么样子的，不敢去想，想想都害怕。不过你放心，我一定能撑得下去的，因为我相信，在这个世界上，没有过不去的坎。有时候，不得不承认，我老是活在过去，过去有你的那个世界里。因为，那里过于美好，好像根本没有风雪，就算有风雪，我也感觉不到一丝寒冷。我知道我太沉溺于过去，无法自拔，可是，这又有什么错呢？我总要给自己找寻一点温暖吧？

没有你在我身边，这个世界显得更加冰冷和潮湿。我的心似乎很久没有接触过太阳了，是湿的，像晾在墙边的衣服。你不知道，刚离开你的那段时间，我就是靠着过去的点点滴滴回忆，才勉强活下来的。正因为如此，我感觉自己很难从过去的世界里彻底走出来。这一切，都是因为你。不过，我真的不怪你，你又有什么错呢？我们都没有错，但还是走到了今天这个地步。

我想，我必须向前看，前面一定有什么人在等着我；哪怕是一片虚无，我也要走过去看看。我知道，前面不会再有那么甜的糖果等着我，而我好像也不再需要这个了，因为曾经拥有过。也许，在我的心底，我的那个梦还没有完全消失，我还在等待着我的那个白马王子。可是这么多年过去了，他为什么还不出现呢？曾经，我以为你就是我要等待的那个白马王子，因此，我拼命地付出，可是最后我发现，你给我的爱，我承受不了。也许是我的内心不够强大，经不起那么大的冲击。在那份沉重的爱面前，我束手无策。

记得，在离开你之后，我不得不去找工作，可是你知道，在这里要找一份好工作是多么的不容易。那几天晚上，天空下着雨，我穿梭在这座城市大大小小的街道里，全身都淋湿了。那个时候，我发现我把自己弄得挺狼狈的，离开你，我好像一下子失去了方向。可是那个时候我不愿意认输，我不相信，离开你，我就活不下去。最后，我终于找到了一份工作，在一家餐厅当服务员。其实，你知道的，我的内心一直是很坚定的，认定的事很难改变方向。那个时候离开你，一时间我真的没有方向，没有路可以走，可是，我就是不愿意回头。我知道，没有了你，我什么都不是，不能随心所欲地支配自己的生活，那些珠宝，对我来说立即变得遥不可及。但是，如果一切重来的话，我还是会选择这样的生活，因为我真的没有办法违背内心的意志。

还记得那天晚上，我终于找到了工作。本来我应该高兴的，可是，不知道为什么，我的内心突然变得难过起来，也许是因为想到了你。我突然之间想喝酒。在喝酒之前，我还想做一件事情，那就是去附近的花店买一束玫瑰花。那个时候，不知道为什么，我心里很乱，就是想做这些事情。从花店回到家，猛然间想起这种玫瑰花曾经是我的最爱，而那个时候，我似乎早就把它遗忘在某个角落了。我开了一瓶红酒，那颜色像极了我眼前的那束红玫瑰。我取出其中的一朵玫瑰花，把它的花瓣一片片掰下来。说实话，那一瞬间我突然很想哭，但我还是强忍住了。已经很久没有人送过我玫瑰花了。我盯着眼前的红玫瑰，感觉它开得好艳丽。不过，我知道，这只是暂时的，用不了多久它就会颓败。花开得极盛不是一件好事。那个时候，我感觉我和它很像，都有过最艳丽的时候，但终会盛极而衰。

那样的夜晚，是很容易醉的。我没喝多少，就感到头晕，倒在床上睡着了。睡到半夜，我居然醒了，感到一股刺骨的寒冷，原来是忘了盖被子。虽然喝醉了，但在潜意识中，我知道那个时候我的心在不停地想着你。那一刻，你的影子在我面前晃动，我忽然想起这样的场景从前似乎也上演过，身边也有那种红色的玫瑰花。但那似乎是很久以前的事了，我已经记不大清楚了。从前，我们在一起的时候，你不准我喝太多酒，因为喝酒伤身体。现在，你已经不在我身边了，不会再有人来阻止我了。不过你放心，我还是会管好自己的，我再怎么样也不会自甘堕落，我有自己的原则。

现在，有时候回过来想想，我离开你，也许是必然的，因为你没有完全了解我，你不知道我到底想要一种怎样的爱情。我承认，你对我很好，但是你要知道，光这样还是不够的。你没有彻底走进我的内心世界，你只往里面走了一段路就停止不前了。或许，是我要求得太多，可是，谁叫我爱你呢？爱一个人就会产生相应的要求和在乎。也许，是我一直在做着那个不切实际的梦吧？现在，梦醒了，我又该回到从前，回到一个人的时候。

曾经，当你牵着我的手的时候，我真的以为你就是我的那个真命天子。可是，这一次我又错了，你根本不属于我。属于我的那份幸福，不知道何时才能到来？其实，说心里话，我是舍不得离开你的。可是我根本没有选择的余地，是你和她无意间把我推向现在这个位置的。当然，这不是你的错，更不是她的错。或许，我们之间，缘分只有这么多。你的心里一直有她，这一点，我改变不了。她是不会离开你的，你也不会离开她，那只能我离开你，放弃你。除了这样，我真的没有别的办法了。我们三个人之间，总有一个人要离开。

其实，你知道的，从前我给过你机会，只要你从她的世界里消失，我就选择和你在一起。可是，你总是让我失望，一次又一次伤我的心。事实证明你根本离不开她，你的生活好像不能没有她。你可以没有我，但是不能没有她，这一点你承认吗？她需要你的时候，你会随时出现在她身边。你对她的那种好，我是真真切切地看在眼里的。曾经，我想把我从前的故事都告诉你，完完整整地跟你讲一遍。这样的话，你就会理解我的想法，理解我为什么对爱情那么执着。可是，每当我认真的时候，你的表现却让我很失望——你在退缩，你认为我是在针对她。其实，根本不是你想的那样，我只是想向你表达我内心的真正想法而已。我的目的很单纯，只是想告诉你我的过去。只有让你清楚我的过去，你才能理解我现在的想法。

我从来都不想伤害她，她那么爱你，我怎么忍心去伤害一个爱你的女人？女人在恋爱时，受的伤往往比男人来得重，来得久。这一点，我深有体会。因此，我无论如何都不会去伤害她的。不仅如此，我甚至希望你能和她在一起。她那么爱你，根本不能失去你，我希望你能给她一个机会。也许我的内心不是这么想的，但是下意识里还是希望结局如此。我们两个已经错过了，在我离开你的那一刻就没有可能了。

记得，你曾握着我的手，畅想着我们的未来。那一刻，我好像真的看到了我们的以后，而且画面是那么清晰。此刻，再回想那个时候，那些画面似乎一瞬间变得模糊起来。我知道，我们再也回不到从前了，有些事错过就是错过了，不可能重来。因此，我宁愿对自己残酷一点，也不要对你再抱有任何幻想了。

还记得，那天我身体不舒服，感觉很疲惫，于是就给你打电话。你过来看我，我只是一动不动地躺在床上。我没有化妆，脸色显得有点苍白。我说，我没化妆，没有那么好看了吧？你的回答我至今还记得。你在我心里一直那么美，从来都没有变过——当时你是这样说的。你不知道，那一刻我有多开心，眼泪止不住地从眼角边流淌下来。你用手轻轻地把我的眼泪抹掉，让我不要哭，说不知道的还以为你欺负我呢。其实，你从来都没有欺负过我。你对我是那么好，就算曾经伤害过我，那也是不小心的，不是故意的，这一点我心里清楚。

其实，那天我躺在床上的时候，内心很孤独、很无助。不过看到你的时候，这种感觉一瞬间就消失了。你不知道，你没到的时候，我一个人心里空荡荡的，什么都不愿意去想，就是想立刻看到你。那天，我又在你面前掉眼泪了。其实，我不想这样的，可就是控制不住自己。眼泪也是有区别的，那次的眼泪，是甜的。那天，你一直在我身边陪着我，晚上还带我去吃西餐。我总是记着一些细小的事情，因为里面有你，所以变得不一样，变得异常重要。有时候，爱情就是这样，不可能全是浪漫和甜蜜，更多的是这些细小的东西。只要有你，那些甜蜜和浪漫，似乎也变得没那么重要了。没有什么比你更重要。那个时候，我真的是这么想的。我可以什么都不要，只要和你在一起就满足了。

那天，你还给我买了糖炒栗子，是从附近的百货店门口买的。我躺在床上，你把剥好的栗子送到我嘴边。那个时候，我感到自己很幸福。那栗子好像也比平常吃的要甜，和那天的眼泪一样，都是甜的。现在，我已经很少吃糖炒栗子了，因为我知道，我再也买不到那么甜的糖炒栗子了。其实，现在我住的地方，楼下就有卖糖炒栗子的，但是我一次都没有买过，每次经过的时候，只是会不经意地看一下。你知道的，我以前喜欢吃零食，现在却很少吃了，人的变化可真大。我不知道我为什么会变这么多，但我知道这些变化或多或少和你有关，是你改变了我。

记得那天你从外面回来，胳膊和手都受伤了，不停地流着血。你让我陪你去附近的医院。从前和你在一起的时候，我经常看到你受伤，都已经习惯了，现在想想，还是很心疼。但是话说回来，像你这样的男人，真的让人很没有安全感，不知道什么时候出去就回不来了。对一个女人来说，安全感是很重要的。那个时候，我整天提心吊胆的，经常睡不着觉。那个医院，我不知道陪你去过多少次，每去一次，我的心就不由自主地颤抖一次。你知道，你受伤的时候，我有多心疼、多担心吗？我害怕，怕你躺下去就醒不过来了。即使现在我不在你身边了，我还是希望你能好好地活着。活着比什么都强，活着才会有希望。

有一次，你在医院里昏迷了两天两夜。那次，真的把我吓坏了。我晃着你的手，哭着喊着让你醒过来。那个时候，有一瞬间我觉得你很过分，真的很过分，因为你总是让我为你担心。你就不能不做那么危险的事情吗？我宁愿你一无所有，也不想你每天都生活在那种日子里。其实，我只想找一个自己喜欢的男人，和他过简单的生活。在离开你之后的某一天，我突然想通了一件事，那就是其实你不适合我，因为你给不了我想要的那种生活。你的世界过于复杂，是无法平静、无法简单下来的。以前，是我想得太简单、太美好了。我想要的那种爱情，可能里面只有我们两个人。不得不承认，曾经有一段时间，你给过我那种爱情，可是当香影出现之后，一切都被击碎了。这一切，来得那么突然，我还没有反应过来，她就出现在你的世界里了，并且像是在你的世界里扎了根，就等着开花结果。

现在，我觉得这不是偶然，而是必然的结果。是我们的爱情不够牢靠，是我们爱得不够深，不然她又怎么能撼动这一切呢？这不是她的错，是我们的错。曾经，我以为我爱你已经够深了，但是此刻看来，我未必能超过她。她飞蛾扑火一般地爱着你，那种爱，早就摆脱了生命的束缚。那种爱是那么浓烈，比玫瑰花的香气还要浓烈。也许，你早就意识到，这个女人一直在用整个生命爱着你。面对这样一个女人，我不知道我能拿什么去和她争。所以，那时我选择放弃你，离开你。现在，这么久以后，你总该明白当初我为什么要那么做。

我承认，我现在也许还爱着你，但那又能怎么样呢？我的爱恐怕无法和她相比。我给不了你那么多，而她可以给你更多，这一点我清楚得很。也许，你不在乎这些，可是我真的在乎。只要你能够幸福，要我怎么样我都愿意。我愿意为你放弃我曾经拥有的一切，只要让我看到你过得幸福。现在，我知道，我为什么一直无法实现我的那个梦。因为我要的那种爱情太完美，而现实中的爱情总是有那么一点缺陷的，不可能是我想象中的那个样子。不过，我还是会在这里等待着它，哪怕最后等不到。

丽仪

11月26日

第十六封信

小荣：

你给我买的结婚戒指我很喜欢，这种玫瑰金的三个环的戒指，是很难买到的。我知道，你一直对我很好，我喜欢的东西，你总是想尽一切办法为我弄到。明天，我就要穿上你为我订做的那件白色婚纱，在那个我经常去的教堂里和你举行婚礼了。其实，这是我的梦，我一直在追逐的梦。曾经，我以为这个梦再也没有办法实现了，没想到还能遇见你，使这个梦变成现实。你知道，我等这一天等了多久吗？我等得实在太久了，等得都快绝望了，甚至一度想要放弃这个梦。可是，是什么让我舍不得放弃？是什么让我如此留恋这个梦？也许是因为内心那种对爱情的渴望与冲动，我才会选择苦苦等候。要不是你的出现，我可能还要继续等待，漫长而无休止地等待。说实话，我真的受够了。你的出现，让我真正得到了解脱，我再也不用束缚在那种煎熬和等待当中，也不用继续做那个梦了。因为，明天我所有的梦都会实现，我会梦想成真。这一切，都是因为有你。你不知道你对我有多重要！现在，此刻，想起这些，我真的激动得睡不着。我想，你现在也和我一样吧？一定也无法轻易入睡。

记得，我们第一次见面是在明月餐厅。那天你穿着一件黑色长大衣，一个人坐在那里喝茶，好像在想什么事情。那个时候，我就站在你的不远处。你不知道，那是我最伤心、最落魄的时候。我好不容易才在那里找到了一份工作。你的目光慢慢地落在我身上，许久都没有移开。其实，当时你可能没有注意到，我的脸在不知不觉中变红了，可能是因为，很久都没有被一个男人这样注视过了。我感到很不好意思，下意识地把我的目光从你那里收回，并且有意躲避着你的目光。我知道，你可能不是故意要那样的，但不知道为什么，那一刻我就是无法做到与你的眼光对视。我不知道那个时候我在畏惧什么，是你，还是你的目光？那天晚上，我怎么都睡不着。你的样子，你的目光，总是闪烁在我的眼前。我不知道自己到底是怎么了，为什么会对一个只见过一次的陌生男人念念不忘？你的身上，似乎有什么东西吸引着我，有一股莫名的力量驱使我接近你。

两天过后，你又出现了。很久以后，我才知道你是故意的，你就是想接近我。可当时，我并没有意识到这一点。因为，那个时候，我已经不怎么去想这种事情了。我的心还没有完全从英雄那里走出来，还没有完全把他忘掉。后来，我听说他已经和香影结婚了，还在心里默默祝福过他们。但我没有想到，属于我的幸福，居然也会那么快降临。也许，很多事都是注定的，在离开他之后，我注定要和你认识，和你相爱。我一直相信，我的那个梦会实现，只是不知道何时实现而已。一路走来，我曾经迷茫过，也失望过，但是内心一直在坚持着，不曾放弃过。

还记得，那个星期天的晚上，你约我去看电影。这件事，要是放到从前，我肯定会拒绝的，因为看电影是我心里的一块阴影，一个伤痛。可是不知道为什么，那天我却答应了你的邀约。那天，下着小雨，电影院里没有多少人。那一瞬间，我发现我离你太近了，一时间，一股莫名的恐惧紧紧地抓住我的心。你好像看出了我的心思，让我不要害怕，说看完电影就把我送回家。你真的很好，在我们认识的前三个月里，你连我的手都没有碰过一下。你对我始终有一种无形的尊重和理解，你是真的爱我的。你知道我需要时间去忘掉过去，去抚平曾经的那些伤口。只有这样，我才能好好地和你在一起，让你慢慢走进我的内心世界。

记得，你问过我，为什么愿意嫁给你？我当时回答你的是，因为爱你。其实是因为，跟你在一起很有安全感。我感觉一瞬间我所有的梦都实现了，我不再是那个流浪如浮萍的人了，我终于找到了一个可以让我依靠的男人。你和别的男人不一样，因为你很真实，不会骗我，答应我的事情都会尽力做到。

记得你说过，我是你想拥有的未来。当你跟我说这句话的时候，我真的很感动。其实，从我决定嫁给你的那一刻开始，我就把你当作我的未来了。我们都有过去，过去的就让它过去吧，我们要珍惜的是现在和将来。我希望，我未来的每一天里都有你，我什么都不要，只要这样和你在一起，就可以了。现在，对我来说，没有什么比你更重要。我要的就是这种简单真实的生活。从前，我一直奢求那种华丽不切实际的生活，其实是一个很大的错误。这么多年以后，我终于明白自己到底想要什么。

还记得，那天我去你家玩。我们在草地上荡秋千，我坐在秋千上，你从背后推我。那一瞬间，我感觉幸福其实很简单，只要两个人在一起就可以了。有时候，就看我们能不能抓得住。这么多年来，我总是在错过。其实有时候，幸福离我们很近，近在咫尺，或许我们一伸手就能抓住它。爱情也是如此，是需要勇气去追逐的。其实，我不缺乏这种勇气，只是追逐的爱情过于完美，脱离了现实，因此总是把自己弄得很累。再者，我又不是一个能将就的人，我容不下一点缺憾。那天，你拉着我的手在草地上跑，一时间，我好像回到了小时候，无忧无虑的小时候。

现在想想，你真的和别的男人不一样。你给我的东西和他们给我的不一样，你给我的是那种简单的幸福。不过不得不承认，再简单的幸福也是以金钱做铺垫的，内心可以不现实，但是我们必须活得现实。其实，你了解我的，我要的只是爱情，不是别的。我可以住在别墅里，也可以住在弄堂里，只要让我和你在一起就可以了。

记得，那天晚上，我让你陪我一会儿，陪我喝酒。这几年里，一碰到什么不开心的事，我就喜欢喝酒，一喝就停不下来，越喝心里越不是滋味，越喝就越觉得惆怅。我尤其喜欢喝红酒，因为喜欢它的颜色。那种暗红色，不艳，也不淡，很像我这一生，既不热闹，也不会感到冷清。心情越不好，喝的酒就越多。那天晚上，你陪我喝了不少酒。我感觉得出来，那时你的心情也不是很好。我们两个喝得醉醺醺的，说了很多话，那些话，我到现在还记得一些。那天晚上，对我们来说，是一个转折点。因为，在此之前，你并不知道我也喜欢你。其实这种事情，要不是一方有点表示，另一方是很难看出来的。但那天晚上，因为酒精的作用，我们彼此都像是透明的，即便在黑夜里，也能看得清对方的内心。

从那天晚上开始，我们之间的关系好像发生了微妙的变化，不再只是朋友。几天以后，这种变化更加凸显出来。你不在我身边的时候，我会想你，想见到你。我知道，我是真的喜欢上你了。那种感觉是那么强烈，让我深信不疑。也许，是因为我伤心难过的时候，你总是陪在我身边；也许，是因为你真的很好；也许，是因为别的。我说不清楚。其实，喜欢一个人根本不需要什么理由，是我想得太多了。有时候，你不在我身边，我会主动给你打电话。虽然见不到你，能听到你的声音，也是一种幸福，一种小小的幸福。我知道，我彻底陷入你的世界里了，已经没有办法走出来了，也根本不想走出来。

一直以来，我在爱情面前都是束手无策的。在它面前，我永远都是失败者，根本不是它的对手。你不知道，你不在我身边的时候，我有多想你。那种想念，是甜蜜的，但同时也很折磨人。想你的时候看不到你，看不到你的脸，也看不到你的笑容。你不知道，你的一个笑容，就可以温暖我整个内心。你对我来说，就是有这么大的魔力，我可能会因为你的一句话高兴半天，也可能会因为你的一件事难过好几天。那个时候，我的心好像会不由自主地为你颤抖，为你高兴，为你难过。

记得，刚开始的时候，我故意和你保持距离。那时，我没有办法忘记我的过去，只想过那种平静的生活。不是对爱情没有了期望，只是想顺其自然。我真的感觉太累了，需要停下来好好休息一下。可是有一天，横在我们之间的那堵墙，忽然就被你不经意间推倒了。这是我没有想到的。从前，我只是把你当朋友，没有往感情方面想。也许，是因为你对我太好了，这种好积累到一定程度，融化了我内心对你的抵触。当然，这个过程是缓慢的，是我不曾想到的。

和你在一起的时候，我总是有那么多话讲。我和你在很多方面都很像，骨子里追求的东西都过于完美，对爱情也是如此。我们两个都不是安于现状的人，我们内心深处都存在着一股追求美好事物的热情和冲动。那种冲动，一直都没有停止过，但又是理智的，不会强求，能得到最好，不能得到也没关系。其实，你对我也是如此，从来都没有强求过我什么，就算有那么一两个要求，也是因为爱我、在乎我，才那样说的。这些，我心里都明白。

记得那天晚上，你说你会永远爱我，即使有一天我变老了，变得没有现在漂亮了，你还是会那么爱我。那一刻，我对你的话是深信不疑的。因为，以你的条件，要找一个年轻漂亮的女人，是一件轻而易举的事。我知道，你不只喜欢我的样子。我已经不年轻了，年龄肯定不是我的优势。我知道你不在乎这个，因为你是个很专一、很痴情的男人。这一点，是我最相信你的地方。曾经，有很多女人喜欢你，但你的内心很执着，你知道哪种女人才是需要你一生等待、守候的。你不会轻易爱上一个女人，因为，和我一样，爱情对你而言，恐怕也是生命中最重要的东西。

记得，那天晚上你送我回家。我真的很困，头很晕。我感觉到你在给我盖被子，把我的手轻轻地放进被子里。我感觉你就要从我的身边离开了，那一刻，我不知道我是怎么了，情不自禁地伸出手去，紧紧地抓住你的胳膊，不想让你走。我让你再陪我一会儿。可能是我的声音听上去有一点可怜，你没有拒绝我。其实，我很少会在男人面前这个样子的。也许是因为，在很累、很困的时候，我想找一个依靠。有时候，我真的会感到很孤独、很无助，生活在人群之中，但又好像被人遗忘了。你了解那种感受吗？那个时候，你在我身边，恰好填补了那种空虚和无助，让我不再有那种被遗忘、被抛弃的感觉。我不想一直活在那种感觉中。我想在寂寞的时候，能有一点温暖。你不知道，在认识你之前，有很长一段时间，我都生活在那种冰冷可怕的世界里。握着你的手，我一瞬间感到自己有了依靠，即使是短暂的。这么多年以后，我已经不再想太多了。想太多，有时也没多大意义，因此，我能珍惜的只是那短暂的依靠。没有人知道明天会怎样。那一刻，我好想就那样一直握着你的手，到我们很老很老的时候，还那样握着你的手。其实，我要的爱情，就是这个样子的，没有珍珠绸缎般华丽的修饰，而是一种真实简单的爱情，没有一点虚假的成分，没有欺骗和隐瞒。我想一直握着你的手，至于能握多久，这不是我能左右的，能握多久就握多久吧。我只知道，你不辜负我，我也一定不会辜负你，其他的事，真的不是我所能控制的。

记得那天，我们一起去福利院看望孤儿。他们真的很可怜，我们每次去，都会给他们带很多好吃的。不知道你有没有注意过他们的眼神，每次你把吃的送到他们面前的时候，他们的眼睛里会立即闪现出无比激动兴奋的光芒。那些东西，对我们来说不算什么，对他们来说，却是一份很大的礼物。曾经，我觉得自己活得很可怜、很卑微，可是看到那群孩子的时候，我感觉自己其实还是很幸福的。我们至少不会像他们那样，经常饿肚子，吃不饱饭。有时候，真的是我们的贪念太强，不满足，或者说是我们想要的东西太多，结果把自己弄得疲惫不堪。为什么我们不能把事情想得简单一点呢？把爱情也想得简单一点呢？

对那些孩子来说，我们两个就是他们的亲人，经常在他们饥饿无助的时候出现在他们身边。其实，我知道，我们给不了他们太多东西，不过能够像现在这样，我已经很满足了。那些孩子，其实活得很纯粹，他们只希望有衣服穿，有东西吃。至于衣服好不好看，食物美不美味，他们并不在意。他们的要求从来都不高，这一点，和我们不一样。我们总是奢望太多东西，不管能不能得到，总是在期待。其实，有些东西本来就不该属于我们，我们还在拼命地追逐。我们以为我们需要它，但当有一天我们真正拥有它的时候，我们才会突然发现，它根本没有想象中的那么重要，甚至可以说是可有可无。我们有时候其实只是在追逐一个梦，一个隐藏在心中的燃烧着的梦。

曾经有一段时间，我也和那些孩子一样无助迷茫，不知道明天会怎样，不知道以后的路该怎么走。当其中一个小女孩抬头叫我阿姨的时候，我瞬间感觉自己真的老了，就这样在不经意间慢慢变老了。虽然难以面对这个事实，不过，我不会因此感到恐惧，因为我的那个梦就要变成现实了，我再也没有遗憾了。其实，我心里是怕变老的，或者说，没有一个女人是不怕自己老的。但我更害怕、更担心的是，自己的样子会变得不再漂亮，到时候你会嫌弃我。你不知道，我最害怕的事情就是你会一声不响地离开我。我感觉我已经不能没有你了，我的世界里有你生命的呼吸。你不知道，你对我有多重要。那种疯狂，那种迷恋，好像一时间全部集中在你一个人身上，像着了魔一般。我感觉我根本控制不住对你的感情。你的一举一动，似乎都在牵动着我的每一根神经。

记得曾经，我想拥有一座属于自己的房子。现在，这个愿望你已经帮我实现了。房子里面的一切都是我喜欢的，床、衣柜、窗帘，都是我亲自选的。那个大露台是我最喜欢的，站在上面，能够俯视整座城市。还记得吗？曾经很多个晚上，我们站在大露台上看星星，有时候还会数星星，一颗，两颗……数着数着就数不清了。那样的夜晚，真的是太美了。不过，相比那个时候，现在的我显然更加幸福。这一切，像是一个梦；但这又不是梦，因为明天我所有的梦都会实现。你不知道，你是给我幸福最多的一个男人。别的男人也给过我幸福，但是很短暂。你给了我那么多幸福的瞬间，让我被幸福包围。你总是在小心翼翼地保护着我，怕我受到伤害。其实，现在的我已经有能力保护好自己了。也许，我曾经脆弱过，但现在真的不一样了。我会好好保护自己，因为我知道你已经对我很好了，我不想你再为我分神难过。我感觉，我能为你做的真的太少了，在我心里，我想对你再好一点。我想好好地爱你，好好地和你在一起。我想要我们两个都好好地活着，一辈子在一起。对我来说，你才是最重要的，没有什么能和你相提并论。

还记得那天我给你过生日吗？我们在蛋糕上点燃了一根蜡烛，当蜡烛的火光在你脸上闪烁的时候，我清楚地看到了你的笑容。那是一种幸福的笑容。那个时候，房间里只有我们两个人，整个世界也好像只剩下我们两个人似的。那一刻，从镜子里，我也看到了自己幸福的脸。你不知道，那个时候我真的感到无比的幸福、无比的开心，只是因为身边有你。曾经我以为我又要一个人孤独地生活了，没想到你会出现在我的生命里。也许，上天对我还是眷顾的，终让我找到属于自己的这份幸福，这份我等候已久的幸福。我真的等了很久，等了好多年了。你不知道，为此我经历过多少痛苦和无奈，心酸和煎熬。现在，有了你，那些东西似乎可以一下子被抹掉，被遗忘。

记得从前，你送过我很多礼物，这些东西我都小心地收着。只要是你送我的东西，我都会喜欢，不管是贵的还是便宜的。我曾经叫你不要再送我礼物了，你说不行，要送一辈子的，怎么能在中间就停了呢？你对我这么好，真的让我没有办法拒绝你。现在，在这个世界上，我没有朋友，没有亲人，只有你了。你就是我的全部，我的一切。你对我真的太好了，好像永远都知道我喜欢什么。你给我买的结婚戒指，我真的好喜欢，我会一辈子戴着它。它对我来说是如此神圣，不仅因为它是我们爱情的见证，更因为当你亲手把它戴在我手指上的那一刻，是我那个梦变成现实的开始。这两者是连在一起的，不可分割的。这枚戒指，我曾经在一个陌生的漂亮女人的手上看到过一次，当时就觉得它真的很漂亮。当然，我更羡慕她的那份幸福。之后，我到过很多地方，都没有买到那样的戒指。现在，我终于可以拥有它了，同时拥有那份幸福。

记得那天晚上，在那座桥上，你突然向我求婚。那一刻，我激动得眼泪都掉下来了。那个时候，你手上没有拿任何东西，既没有戒指，也没有玫瑰花。虽然没有这些，最后我还是答应你了。其实，你挺了解我的。你知道，我在乎的是一份真正的爱情，而不是那些东西；我在乎的是你这个人，是你会不会永远对我好。正是因为我那么爱你，那么相信你，才会答应你的求婚。其实，我心里早就认定你会是我最后一个男人。因此，当你求婚的时候，我没有丝毫犹豫，立刻就答应你了。还有什么好犹豫的呢？我等这一天等了那么久，我不想再错过，如果再错过你，我这一辈子恐怕再也无法实现我的那个梦了。

那天晚上，我们在桥上站了很久，不断回忆着过去点点滴滴的幸福甜蜜。直到很晚，我们才回去。和你在一起的时候，我总是感觉时间过得很快。你在我心里是那么好，可以说已经到了完美的地步。曾经，你也说过我很完美，说我什么都好。其实，我心里明白，我没有你说的那么好，是你把我想得太好。也许爱一个人就是这个样子，会把对方想得过于完美，好像没有一点缺点似的。

还记得，曾经有一段时间，我感觉很累，封闭自己的内心，不想再接受别人的感情。可是，遇到你以后，我封闭的心好像不自觉地就为你敞开了。也许是因为，你从不给我压力，让我感觉跟你在一起很放松、很开心。这是你跟别的男人不一样的一个地方。你不会勉强我做任何事。你是那么疼我，舍不得我受一点点委屈。有些话，即使我不说，你都好像能猜到。其实，你的内心很敏感、很细腻。我的眼神哪怕有那么一点点波动，都能被你捕捉到；我的内心哪怕有那么一点点变化，都能被你察觉到。其实，你是我这一生认识的男人当中最懂我的一个，有时候，我真的很想知道你是怎么做到的。因为我感觉，人的内心是一个世界，里面很大、很深。那里面就像现实的世界一样，有飞禽走兽，森林大海，可是全都隐没在黑暗中，是看不见的。我不知道，你是怎么看透的。

不过你曾经说的那些，我还是很认同的。你说内心想的东西到一定程度会显现出来，表现为眼神、动作和言语等。只是这一过程，就像内心世界一样，也是看不见的，只能用心去感觉、去观察。关于这些东西，这一生只有你跟我讲过，这也是你跟别的男人不一样的地方。曾经，你问过我，最喜欢你什么地方？我记得我当时是这么回答你的：我最喜欢你的地方，不是你的样子，也不是你的车，而是你内在的东西。说实话，你的内心世界很吸引我，让我情不自禁地向你靠近，并慢慢走进去。拥有了你，我好像同时拥有了两个世界。从前，这种感觉没有那么强烈；现在，在走进你的内心世界以后，这种感觉变得异常浓烈。我不会再感到孤独，因为有你。你的内心世界是如此丰富，我的世界本来是无聊单调的，现在却变得温暖厚重。这一切，都是因为有你。你不知道，你对我有多重要！

记得那天晚上，你陪我在街上散步。那个时候，已经很晚了，街上只有很少的几个人。天是那么冷，可是我依然舍不得离开你，我拉着你的手，慢慢地走在大街上。那一刻，我离你是那么近，似乎能听到你的心跳声。走一会儿，你就停下来看我一眼。走走停停，你看了我好几次，看得我都有点不好意思了。那天晚上，你还对我说了很多甜言蜜语，那些话，我到现在都还记得。最后，我实在走不动了，你说要背着我走，不知道怎么回事，我竟然没有拒绝。现在想想，其实一直以来，我都不怎么拒绝你，你说的话我基本上都会听。可能是因为我太爱你了，你对我又是那么好，我对你是没有防备的。有什么好防备的呢？我相信，你不会伤害我，所以，我心里怎么想的，就怎么跟你说，不想对你有任何隐瞒。

我觉得，爱情是不能用欺骗和隐瞒来维系的，那样的爱情，势必不能长久。所以，从认识你的第一天开始，我就没有骗过你。我把我的曾经完完全全地告诉了你，是为了让你真正认识到我是怎样的一个女人。我要知道，当你真正了解我以后，你到底还能不能接受我，还能不能像从前那样继续疼我、爱我？如果你做不到，那我也不会怪你。我就是这样一个女人，从来不喜欢勉强别人。强求来的爱情是不会幸福的。在你爱上我之前，我把我所有的缺点都暴露在你的面前。如果你真的能够接受，觉得我们还有可能的话，那我们就在一起；如果你不能容忍的话，那我就选择放弃你。事实证明你是真的爱我，愿意包容我的那些缺点和不足。也就是因为这样，我才会那么快地爱上你，并且爱得如此之深。现在，我已经深深地爱上你了，就是从那个时候开始的，一刻都没有停止过。我是那种对爱很执着的人，一旦爱上一个人就很难停下来。不过，我现在的爱情又和从前的不一样，现在的只有幸福，而没有折磨与痛苦。这一切，都是因为有你。是你让我远离那些折磨、痛苦，无限靠近那种甜蜜的幸福；是你让我重拾那份信心，那份对爱情的信心。

明天，你就要把那枚戒指戴在我手上了；明天，你就要帮我彻底实现那个梦了。其实，到此刻为止，我都怀疑我是不是在做梦。我掐了自己一下，真疼。现在看来，一切都是真的，明天我真的要嫁给你了。也许，是幸福来得太突然，一时间我不知道怎么形容现在的心情。有点眩晕，又有点迷乱。

不过你放心，这种感觉很快就会消失的。明天，你就会把我从过去拯救回来，我不用继续活在过去，活在那个梦里。以后，我的世界里只有你的存在，只有你一个男人。现在，回过头想想，我们可能注定要在一起。哪怕我再躲、再逃，最后恐怕还是会和你走到一起。因为你就是上天派来拯救我的，拯救我的身体，同时拯救我的灵魂。

记得曾经，你在天宝珠宝店给我买过一条珍珠项链，后来我不小心把它弄断了。有一天，我把它拿过去修，想看看能不能重新接上。因为，我真的很喜欢那条项链，觉得就这么扔了怪可惜的。可是结果却出乎我的意料。据那家珠宝店的老板讲，这条珍珠项链其实价格不菲，修一修要不少钱。我记得，你送我的时候，并没有刻意告诉我很贵，因为那时我们才认识不久，你怕说出来我不肯收。很久以后，我才知道这一点。其实，你一直对我很好，很多事即使为我做了，也不肯当面承认。那天，我还是决定把它修好，为此，我几乎花光了所有的积蓄。因为，你那么在乎我，送我那么贵的礼物，我怎么能轻易就让它从我身边消失呢？你对我那么好，你送我的每一样东西，我都会小心地收着。我不想把它们弄丢，不想让它们从我身边离开。我要让它们永远地待在我身边，就像我会永远陪在你身边一样。它们对我来说是如此重要，现在，在这个世界上，除了你，再也没有什么能和它们相提并论了。我不能没有你，同时也不能失去它们，因为看到它们我就会想起你。

还记得有一天，我弄丢了一对珍珠耳坠。那是你送的。我哭了很久，眼睛都肿了。虽然你说可以再给我买一对，但我还是感到无比伤心。因为，即便能买到一模一样的，那意义也是不一样的。有些东西，一旦失去就彻底失去了，再也找不回来。后来，我把你送我的礼物都放进一个小箱子，并且用一把锁锁上了。因为，我不能再失去它们。它们对我来说，是如此重要。因为你，它们才变得如此重要。

记得曾经，你给我买过很多件旗袍。在你心里，肯定认为我非常喜欢旗袍。其实，你不知道，在这么多年以后，我已经不像当初那么喜欢旗袍了。我其实是很喜欢那条珍珠项链，穿上旗袍，佩戴上它的时候，更能显出它的高贵脱俗。刚开始的时候，你也不是很有钱，那条珍珠项链对你来说已经算很贵了。当我知道以后，真的很感动。你知道，我喜欢上你，不是因为你多有钱，而是因为你对我很好，一直都对我很好。现在，我愿意嫁给你，也是因为你对我好，不是因为别的。你知道，我一直都不缺追求者，那些男人当中，有些人真的很有钱。我之所以会选择你，是因为我觉得你对我是真心的，你会像你说的那样永远对我好。这么多年以后，我已经不太会轻易相信一个男人的话了，不过，我依然相信我的心，我会用心去感觉这个男人到底会不会真心对我好。在遇到你之前，我就是这个样子的。现在，我对你只有信任，没有怀疑。从前，我遇到过那么多男人，他们之中没有一个能让我如此对待。只有你不一样，我毫无保留地相信你。你说怎么样就怎么样，我相信你说的一切。因为，现在你就是我的一切，我的世界因你而转动。所以，我希望在我嫁给你以后，你不会辜负我，永远不会辜负我。

还记得那天我们站在湖边的时候，你跟我说过的话吗？你说你会用整个生命来爱我。你不知道我听到这句话的时候，心里有多感动。因为，我始终坚信你会做到。在我的心里，你跟别的男人不一样，曾经你答应我的事，每一件都做到了。我知道，你很在乎我，很爱我，因此你不会欺骗我。我也从来没有欺骗过你，你对我那么好，我怎么也不会那么做。你说你会永远对我好，其实，这也是我想对你说的话，我会永远只对你一个人好，永远不会变心。

现在想想，我很少在你面前掉眼泪。我不想在你面前哭，因为你那么爱我，看到我哭，你会很心疼，我也会跟着难受。再者，我的眼泪都不是你惹的，你那么疼我，根本舍不得让我伤心流泪。有时候，我只是想到从前一些不开心的事，才会流眼泪。这些事都是和你没有关系的，但是我还是看到你为我心疼，这一点，其实挺让我感动的。能够认识你，是我这辈子最大的福气。你说我们认识得太晚了。其实，还来得及，让我们用余生，去弥补那些错过的时间。幸福其实就在我们身边，我们一伸手，就能抓住。

记得那天晚上，我在家里等你回来吃晚饭。那天，你很忙，一直到晚上九点才回到家，我等得都快睡着了。那段时间，我经常那样等着你回来一起吃饭，似乎那种守候也是一种幸福，一种简单平静的幸福。在我心里，也许幸福就是那个样子的，等你回来抱抱我，在我的额头上亲一下。仅此而已。那个时候，我会问你累不累，会帮你捏捏肩膀。有时候，我还会依偎在你怀里，那是一种喜欢，也是一种依赖。我只有在你面前才会做出那种举动，从前，在别的男人面前，我从来没有那样做过。有时候，你会打电话回来，让我先吃。可是我就是做不到，没有你在身边，我总感觉少了一点什么。现在，我已经习惯你出现在我的世界里了。假如你突然消失，我真的没有办法接受。你的身影出现在我生活的每个角落，你的每一个动作似乎都能拨动我的心弦。如果一个星期见不到你，我肯定会发疯的。我会很想很想你，想你想得崩溃。也许，你会怀疑，但这是真的，我真的会很想很想你。

那个时候，我坐在客厅里等着你回来吃饭，等着等着就睡着了。有时候，我还会做梦，梦也都是和你有关的。当你把我叫醒时，我感觉你好像是从梦里来到我身边似的。那种感觉很奇妙，真的没有办法形容，又甜蜜，又好像转瞬即逝。也许是因为太想你了，我总是瞬间产生一种幻觉。爱情的力量真的是很厉害。

还记得，那天是我的生日，你为我做了一顿晚饭。在此之前，我根本不知道你会做饭。当你跟我说，那是你第一次给女人做饭的时候，我真的很感动。我想对你说，你做的糖醋排骨真的很好吃，不知道什么时候能再吃到，希望不用等太久。我要的爱情，我要的幸福，可能就是你给我的那个样子——简单平凡。我累的时候，你可以抱着我睡觉；我想你的时候，可以给你打个电话；空闲的时候，你可以陪我逛街买衣服。我不要你经常陪我，因为我知道你很忙，只要你的心里有我就可以了。其实，我只是一个普通女人，没有你说的那么好。有时候，我可能会对你任性，那也是因为太爱你了，才会那个样子的，希望你能够理解。但是，我会把握好分寸的，不会让你为难。我希望你想到我的时候，只会想到我的好。

记得那天，你向我求婚时说过一句话。你说我们注定会在一起，因为没有人比你更适合我，更懂我，更爱我。现在想想，事实就是如此。曾经，有些男人也很爱我，但是他们却不是很了解我，不知道我想要的到底是什么。他们也对我好，但是始终无法走进我的内心；即便走进了我的内心，也只是走了一小段而已。他们以为自己已经很了解我了，就不愿意再往里走了。因此，他们永远无法进入我的内心深处，永远都没有办法真正得到我的心。但是，你跟他们不一样，你太了解我了，真的彻底走入了我的内心深处。你对我的好，是恒久的，不会一段时间对我好，一段时间就停下来。你一直都对我那么好，其实这让我很感动。可能，正因为如此，这种好渐渐地就转变成一种依赖。这一生，我遇到过那么多男人，但真正让我想依赖的男人是很少的。你是其中的一个。你不知道，女人是要先喜欢上一个男人，才有可能对他产生那种依赖。这种事情是有顺序的，并且顺序是固定的。

也许，就是因为你对我太了解了，有些话我还没有说出来，你就可以猜得到。这是一种默契，也是一种内心的联系。可能是因为我们的内心离得很近，好像只有一步之遥，所以，我们在一起那么久了，都没怎么吵过架。从另一方面来说，是你懂我；你不光懂我，还懂我的那个世界，我的世界在不知不觉中就和你紧紧地联系在一起。可能就像你说的那样，我们注定会在一起。

现在，能得到一份完美的爱情，我感激自己内心对爱情的那份坚持和等待。坚持，真的不容易。这一路走来，有时候我的内心真的已经绝望了，可是，要我完全放弃，心里又是那么不舍，毕竟等待了那么多年。那是一个梦，虽然我不知道什么时候才会实现，但是它却像一团火，一直在那里燃烧，不曾熄灭过。有一段时间，我经常去教堂，每去一次，就在心里问一遍自己：还要不要坚持那个梦了？曾经很多时候，我也彷徨无助过。我不知道，自己多年的坚持到底值不值得，最终换来的是一份爱情，还是一场梦？现在，回过头去看，我的坚持还是值得的，我得到了你和一份完整的爱情。现在，这些就是我拥有的全部，我已经感到很满足了，不再奢求别的什么东西了。

这么多年以后，我的内心似乎变得越来越简单了，好像装不下太多东西，想要的东西就那几样，不像年轻的时候，想要的东西太多，心好像永远无法被填满。现在，我的内心就像平静的湖水，哪怕往里面丢再大的石头，都无法干扰那份宁静。也许，是因为我现在的心态和年轻的时候真的不一样了，我现在只想要一份爱情，一个安稳幸福的未来。现在，对我来说，你就是我想拥有的未来。其实，我知道，我现在可能变得很庸俗、很现实，不再像年轻的时候那样，对爱情抱着童话般的憧憬。其实，我也不想变成现在这个样子，好像不再有过去的一点点影子了。不过这样也好，我不能老是活在过去，我总要从过去走出来，勇敢地面对新生活。

记得我年轻的时候，就很喜欢那种白色的婚纱，曾经去婚纱店看过很多次。穿上白色的婚纱，是一个女人的梦，也是一个女人最漂亮的时刻。明天，我就可以穿上那件你送来的白色婚纱，像那些幸福的女人一样步入婚姻的殿堂。也许，明天，我会美得像个公主，而你就是我一直在等待的那个王子。其实，我知道，此刻我又好像在做梦了。但是或许你可以理解，在这种时候做这样的梦是正常的。我等了那么多年，眼看马上就要实现了，心情怎能不激动呢！

现在，在这幸福的时刻，我的脑海里浮现的都是从前我们在一起的画面。那些点点滴滴，像放电影似的，在我的记忆里一遍又一遍地回放。我想起有一次我生病，打电话给你。你带来一个医生给我看病，坐在我的床边陪着我，和我说了很多话，还用勺子喂药给我吃。那个时候，我真的感觉你很体贴，很会照顾人。我感觉你真的很好，将来如果有哪个女人嫁给你，会幸福一辈子的。不过那一刻，我并没有想到自己会真的嫁给你。其实，很多事情就是这样，你永远不知道结局如何，但是那个结局又好像早已写好，谁都无法更改。当时，我嫌那个药苦，不肯喝，你还说好听的话哄我。你真的和别的男人不一样，因为你是那么迁就容忍我，当我以为你要生气的时候，你依然没有怪我的意思，这一点让我很感动。我知道，我有时候会不讲理，会任性，谢谢你那么包容我。也许只有你，才会那么包容我，才会那么疼我，换作其他男人是做不到的。

那天下午，你就那样陪在我身边。有时候，我会宁愿突然生病。这样的话，你就可以像那天那样，长时间地陪在我身边了。你不知道，能和你在一起，能看到你，我的心里有多开心。也许，我这样想有点不可理喻，有点傻。可是，我真的好想和你时时刻刻在一起，永远不分开。现在，我已经不奢求那种华丽的生活了，只是想和你在一起，每天都能看到你，为你生个孩子。别的，就再也没有什么了。我一直想要一个孩子，因为孩子是生命的延续，我想让我们的生命一直延续下去。其实，这么多年以来，我一直都没有变，总是需要抓住一点什么，才能活得下去。从前，是爱情；现在和将来，可能就是你和孩子。我的手里总要握住一点什么，不能是虚无。这么多年以后，我发现我真的没有办法独自面对一片虚无，我真的支撑不下去。你知道的，我的内心一直是一片荒野，我真的没有办法和勇气，再走入一片虚无的境地。

记得，那天晚上停电了，我一个人坐在梳妆台前。我在桌子上点了一根蜡烛，烛光摇曳着照亮我的脸。这么多年过去了，我还是第一次那么认真、那么仔细地看着那张脸。烛光不是很亮，我看得不是很清楚，但是可以肯定那个人是我。至今，我都没有想明白，为什么会在那样一个晚上观察自己的脸。虽然，我心里有那份自信，自己的样子和年轻的时候几乎没什么变化。那天晚上，你很晚才回来，我就一个人傻傻地坐在那里等你。我想等你回来的时候，问你一个问题：我是不是变老了，没有从前那么好看了？我记得这个问题，那天晚上是我第一次问你。你当时的回答，其实挺让我感动的。你说我不会老的，就算有一天真的老了，你还是会像从前一样爱我，因为你不只喜欢我的容貌。那天以后，我好像又问过你这个问题，因为我想从你那里得到肯定。每次你的答案都是一样，这让我真的相信了你的话，认为你会永远那么爱我，不会有半点削减。

那天晚上，照镜子的时候，我发现我的脸好像太瘦了。

我担心自己变得没那么好看了。其实，我是很在意自己在你心中的样子的，我总是想把我最好、最美的一面展示给你。可能是因为太在乎你了，我不能忍受你心里的我变得不再漂亮。我想永远保持现在这个样子。虽然我知道这不现实，但是我内心真的这么希望。我不希望我美丽的容颜这么快就暗沉消失掉。其实，是因为我内心追求的东西过于极致，对你也是如此。我希望你想到我的时候，只会想到我的好、我的美，不会想到别的。因此，每次见你之前，我都会刻意打扮一下，我不想让你看到我不美的一面。就是选一个耳环，我也会考虑一下，什么样的耳环是你也喜欢的。衣服更是如此，我总要考虑，哪种衣服是你喜欢的类型。我只在乎你一个人投来的目光，别人的评价，对我来说不是那么重要。现在，我最爱的人是你，只要你喜欢就够了。我不知道自己为什么会变成这个样子，也许是因为我在你身上投入了太多的感情吧！

有时候，我和你走在大街上，可能是因为觉得太幸福了，注意力都集中在你身上，一时间把什么都忘了，所以会不小心撞到别人。不知道从什么时候开始，我整个身心好像只用在你一个人身上。这种状态，有时候想想很可怕，因为深陷其中，忘记了周围的一切。也许，从爱上你的那一刻起，我就变成这个样子了，只是当时并没有发现。现在，我还是有那种感觉，只是已经没有当初那么强烈了。这种爱，已经变得成熟而稳重。我不知道，这个转变前后隔了多少时间；

我只知道，在这个过程中我成长了不少。也许，每一个女人都会经历这种阶段。有时候，我会回过头想想我的过去。过去，我花了太多时间在爱情上，虽然也成长了不少，但是真的把自己弄得很累。不过，我并不后悔，因为我知道，有些事是这一生必须要面对的，谁都逃不掉。

记得那次，你惹我生气，当时我的眼泪就止不住地掉下来了，头也不回地向大门外跑。你可能被吓到了，因为在此之前，你从来都没有见过我那个样子。你跟着我追出来，向我保证，以后再也不会惹我生气了。其实，那天我多少也有点错的，明明知道你很累，还非得让你陪我去百货公司。我知道，你一直对我很好，我说的话你基本上都会听。那天是我无理取闹，没有替你考虑。现在，回过头想想，我对你的关心真的是太少了。你需要我的时候，我没能在你身边。虽然你从来都没有说过我，但我知道那是你对我好。有时候，我真的觉得自己太不应该了，明明可以对你更好的，却没有做到。你对我那么好，我怎么能这样对你？我发誓，结婚以后我一定会对你好。我想弥补你。从前是我忽视了你的感情，现在我真的彻底意识到了。只有你才会那么纵容我，也只有你才会对我那么好，不管我怎样任性，你都会一如既往地包容我，像从前那样爱我、疼我，陪在我左右。你对我的心，对我的爱，从来都没有变过。

其实，有时候我会很后悔，我不该那样对你，不该任性发脾气。你对我那么好，我还有什么好抱怨的呢？是我不好，都是我的错，从现在开始，我要改掉那些坏毛病。为了你，也为了我自己，我一定要那样做。你把我想得那么好，我不能辜负你对我的期望。曾经，有段时间我真的很过分，完全没有顾及你的感受。你为我做了那么多，我却没有意识到。我错得太离谱。可是你还是对我那么好，甚至用你整个生命来爱我、保护我。而我，却对这一切一无所知。我欠你的实在太多了，也许用我的余生都无法偿还。

现在，我们终于走到了一起。明天，我们就要结婚了。我想告诉你的是，我会好好珍惜这份来之不易的幸福，我会用我整个生命去爱你。我想一辈子和你在一起，永远不分开。现在，再也没有什么能把我们两个分开了。其实，我内心一直坚信我们一定会在一起，哪怕暂时分开一段时间，最后还是会走到一起，因为我们那么相爱，就算相隔两地，也没有办法隔断那份爱。那个时候，我真的是这么想的。现在，我们的爱情终于开花结果了。明天，我所有的梦，所有的期待，都会一一实现。

记得，你说过这样一句话：现实世界远没有想象中那么美好。其实，我想对你说，是你太悲观了。你和我一样，要的东西过于完美；但不一样的是，你没有办法承受缺憾，而我可以。现在的我和年轻的时候已经不一样了，不再那么执拗偏激，所以能够接受那份不完美。我知道，现实就是如此，有温暖的时候，也有寒冷刺骨的时候。你知道你为什么会那么悲观吗？那是因为你的心态不够好。你一味地沉浸于悲伤中，好像不愿意走出来。如果你能勇敢一点，努力去改变自己，那你肯定会变得跟现在不一样。相信我，也相信你自己，你可以的。多想想那些美好的事情，你的心情会跟着变得很好。你可以试一试。

还记得那天，下雪了。我和你走在大街上。那天十分寒冷，可是，我的心却是温暖的，因为有你在身边。那个时候，我心里想到的都是一些美好的事情。雪花飘飘洒洒地落下来，一瞬间我感觉那场面很美，像是在哪部电影里看到过。你牵着我的手在大街上慢慢地走着，我忘记了寒冷，心里想的、眼睛里看到的一切，都是如此完美迷人。

从前，我好像也和你一样，喜欢躲在自己的世界里，不愿意别人接近我的内心。正因为这样，我才变得越来越孤独。你和我不一样的地方是，你太忙了，不太可能让自己的世界长时间孤独，但是一旦空下来，孤独就会像大雪一样覆盖你的全身。这个时候，你会感到无限的迷茫和无助，你的心好像是在河里漂着似的，没有一点依靠。曾经，很多时候我也像你那个样子；现在，我已经走出来了。如今，我感到很快乐、很幸福，因为有你。我希望你也能尽快走出来，因为只有你快乐，我才会感到真正的快乐。我知道，要从那里面走出来不容易，因为那里对你来说就像一个森林，你好像已经迷失了方向。但是我要告诉你的是，不要害怕，因为你现在不再是一个人，你还有我。我会去里面找寻你，不管你在哪里，我都会把你找到。你要相信自己，你能走出那片森林。我永远都不会离开你，不会丢下你一个人不管。因为，你多在里面困一天，我就多受一天痛苦和折磨。

记得从前，我孤独的时候，你总是陪在我身边。所以，现在和将来，我也不会再让你一个人去面对那些痛苦和折磨。你有什么心事不要瞒我，我可以和你一起分担。明天，我就是你的另一半了，希望以后你能把你的苦恼和不开心分我一半，让我和你一起分担。我不要你一个人承担，那样你真的太辛苦了，我会心疼，会怪自己不够好，不能给你幸福。有时候，看到你不开心，我都不知道该怎么办了。我以为你有了我，就不会再不开心了。是我想得太简单了，没有真正了解你内心的想法。那个时候，我只会心疼你，却没想过要深入了解你，走进你的内心深处。现在，我已经变得比那时成熟多了，变得比那时更了解你，更加知道你内心真正想要的东西是什么。现在的我，比以前更懂你，更知道怎么去好好爱你。明天，我们就要结婚了。从明天开始，我要用我的余生去爱你，直到我们老了死去，我都会一直陪在你身边。

丽仪

10月19日